MÉLANIE

DE ROSTANGE.

Y⁰

MÉLANIE

DE ROSTANGE,

Par Mme. ARMANDE R....,

AUTEUR DE PALMIRA.

TOME TROISIÈME.

DE L'IMPRIMERIE DE J. GRATIOT.

A PARIS,

Chez Mestayer, Libraire, tenant un Cabinet
d'abonnement pour la Lecture, rue de Grammont,
n°. 23, près le Boulevard.

1806.

MÉLANIE
DE ROSTANGE.

CHAPITRE XXV

L'ASILE ignoré et modeste de l'amie Josepha Burd, placé dans une immense forêt du nouveau monde, renfermait les vertus et les grâces dignes d'être l'ornement des plus brillantes sociétés de l'Europe. Rien de si touchant que cette union de tout ce que la vieillesse offre de plus respectable, et la jeunesse de plus attrayant; image parfaite que l'on pouvait contempler dans Josepha et Lia Burd. La première, âgée de soixante ans, supportait avec résignation les nombreuses infirmités qui la privaient de l'usage de ses mem-

3.   I

bres ; son front, ombragé de cheveux blancs, n'en était pas moins calme et serein. Ah ! malgré ses maux , elle eût redouté l'éternel voyage qui la séparerait de sa bien-aimée Lia, dernière et unique enfant d'une nombreuse lignée. Elle semblait l'avoir obtenu comme une consolation du ciel, à l'approche de l'hiver de sa vie. Peu d'années après cette naissance si chère , l'époux de Josepha, l'honnête Burd, était mort. Sans Lia, sa mère ne lui eût point survécu ; mais cette tendre fleur sollicitait les soins maternels, et Josepha s'y consacra. Elle avait été une des plus belles amies de la secte des Quakers, dont le sang est généralement si pur. Lia la surpassait encore ; sa taille élégante et svelte, la douceur de ses grands yeux bleus , la couleur argentée de ses épais cheveux blonds, le charme dé-

licat et fini de tous ses traits, sa démarche légère, sans être précipitée,
donnaient à sa beauté un caractère
où tout était en harmonie. Sa reli-
gion, sa manière de vivre, impri-
maient à son esprit, ainsi qu'à son
maintien, le plus doux recueillement,
un calme enchanteur. Cette jeune et
angélique créature était citée dans
tout le comté, pour la plus éloquente
et la mieux inspirée des amies. Que
de fois n'avait-elle pas transporté,
exalté l'étranger qui, se glissant dans
l'église où elle se rendait, avait été
à portée de l'entendre. Ah! la rencontre de Lia était véritablement un
bienfait de la Providence. La triste
Mélanie ne tarda pas à le reconnaître.
On s'était expliqué ; on avait su
que Henri était venu dans l'intention d'acheter la plantation que Jonathan Burd avait dit, lors de son

I *

voyage à New-Yorck, devoir être mise en vente. Il est vrai, dit Josepha, que sollicitée par ma famille d'aller vivre à la ville, je m'étais décidée à me défaire de cette habitation, où je n'ai cependant jamais regretté un plus doux climat, un voisinage plus riant. Aussi je retardais toujours; d'ailleurs, ma fille m'a fait promettre d'y rester au moins jusqu'au commencement de l'été, parce qu'elle a dit à l'ami de son cœur qu'il la retrouverait, à cette époque, dans ces mêmes lieux ; mais repose long-tems parmi nous : j'appellerais ton arrivée un jour de fête, sans l'affreux accident qui l'a signalée ; enfin l'impression s'en effacera, et tu ne seras pas le premier Français qui aura béni la maison de la veuve Josepha. Et nous aussi, bénissons leur arrivée, reprit Lia; n'est-ce pas à leur nation que nous devons

notre glorieuse indépendance. Ami,
ajouta-t-elle en souriant, accoutume-
toi à entendre parler de la liberté dans
ces contrées ; elle y est chère, pure
et sacrée. Je n'ignore pas qu'elle a
été profanée, dans ta patrie, de la
plus cruelle manière, et son nom te
rappelle peut-être des crimes, des
malheurs; mais ce terrible orage passera, et un jour heureux luira encore
pour la France.

— Je m'intéresserai toujours, dit
Henri, au destin de mon pays; mais
le mien est fixé ici. Alors Lia le pria
de séjourner avec eux; je veux, dit-
elle à Mélanie, te voir recouvrer la
santé; tu m'appartiens jusqu'à cet
instant : l'ami Henri fera son apprentissage, nos fidèles ouvriers l'instrui-
ront, ensuite nous déciderons auquel
de nous cette maison doit rester; et,
si j'en crois les pressentimens de mon

cœur, nous voudrons tous y demeurer éternellement ensemble. Henri,
entraîné par le charme irrésistible de
Lia, lui dit avec effusion : Disposez
de nous. La jeune Quakeresse et Mélanie volèrent dans les bras l'une de
l'autre.

En Europe, elles n'eurent été qu'une
connaissance de la veille ; là, elles
étaient déjà deux tendres amies. Cette
bonne et attentive Lia voulut visiter
elle-même la blessure que Mélanie
s'était faite à la tête ; elle lui coupa
une petite mèche de cheveux à l'en-
droit de cette cicatrice : je la joindrai,
dit-elle, à une autre bien chère, d'un
de tes compatriotes ; admire un peu
comment une petite sauvage possède
de pareils trésors. Elle montra alors
une tresse de cheveux qui ornait son
bras ; elle compara la nuance de ceux-
ci à ceux de l'amie, et convint que

ces derniers étaient d'un plus beau noir encore. — Un Français a donc le bonheur de vous intéresser ? demanda Mélanie. — Ah ! oui, il *m'intéresse* bien ; un jour je te conterai mon histoire.

Lia donnait le plus de tems possible à sa nouvelle amie ; mais elle ne négligeait pas pour cela ses travaux habituels : chaque matin elle visitait depuis les granges de sa mère jusqu'aux branches d'acacia que le vent de nord-ouest avait endommagées. Elle ne dédaignait pas non plus de jeter un coup d'œil sur ses nombreux bestiaux, la plupart familiers à sa douce voix. Enfin, elle joignait l'activité et les connaissances rurales de son père, qui avait été un des meilleurs cultivateurs du comté, à l'adresse de sa mère, qui toujours avait été distinguée dans ses occupations domesti-

ques. Jamais Lia n'était donc oisive
un seul moment, et Henri faisait avec
elle un véritable apprentissage. Que
de bonheur il se fût promis dans cette
nouvelle existence, si Mélanie pouvait être rendue à la santé et à quelques affections pour lui !

Elle lui avait manifesté, avec ses
grâces touchantes, sa reconnaissance,
sur le dévouement qu'il avait montré
dans les forêts, en se dépouillant de
ses vêtemens pour les ajouter aux
siens. Henri, transporté, l'avait ser-
rée contre son cœur ; mais bien loin
de répondre à cette étreinte passionnée, Mélanie avait frissonné, et courut rejoindre Josepha ; elle aimait à
rester près de cette digne femme,
dont la situation lui rappelait son
aïeule : elle l'écoutait avec plaisir
s'entretenir de sa jeunesse. Née sur
les bords rians du Skulkill, en Pen-

silvanie ; alliée, par sa mère , aux Logan (1) , et richement dotée , Josepha fut demandée en mariage par différens habitans de Philadelphie ; mais son cœur préféra Jones Burd , qui ne lui dissimula pas cependant que sa plantation , bien qu'en bon état, était loin d'être considérable , que son aspect était même sauvage ; mais qu'elle lui était chère , son père l'ayant créée et embellie.

Jones Burd, raconta Josepha, devint mon époux ; je le suivis et ne connut jamais de regrets. Sa famille, qui réside dans la ville la plus voisine, semblait être de mon propre sang, à en juger par notre mutuelle affection. Le ciel me donna beaucoup d'enfans, mais il me les retira (une larme coula

_____

(1) Descendans de Guillaume Penn.

sur sa joue): enfin , il eut pitié de
mes douleurs , et me laissa Lia.....
Comment la trouves-tu , ma Lía ? et
la tendre mère , après avoir écouté
avec orgueil et délices l'éloge que lui
en fit Mélanie, continua ainsi : Elle
aime un jeune Français, qui me paraît
aimable , vertueux ; n'importe , j'aurais préféré la voir mariée à un de nos
voisins ; je ne le lui dis pas, car elle
sacrifierait son goût à ma volonté, et je
ne veux pas coûter un soupir au cœur
innocent de mon enfant. Lia, ren-
trant alors, interrompit cette conversation , et en filant, travaillant le lin
et la laine, enchanta de plus en plus
Mélanie et Henri, par ses discours à
la fois pleins de maturité et de grâce
enfantine. Elle pria Mélanie de la per-
fectionner dans la langue française.
Henri observa que sans doute un jour
elle pourrait en faire usage dans la

patrie de l'heureux mortel qui avait
le bonheur d'être aimé d'elle.

Je ne le pense pas, répondit-elle
gravement : sans l'assurance que Saint-
Victor m'a donnée, que lui et sa famille adopteraient ces climats loin-
tains, je ne me serais point engagée
avec lui. O ma mère! ô mes douces habitudes! rien ne me ferait renoncer à
vous. Cependant, l'ami Saint-Victor
m'est bien cher, ajouta-t-elle avec
sensibilité ; mais il pense sans doute
qu'un amour véritable ne se nourrit
pas de sacrifices, et il n'en exigera
pas.

A cette observation, Henri se leva
avec vivacité ; Mélanie lui fit une
question, il y répondit avec dureté.
Lia lui lança un de ses beaux regards
si expressifs ; il se trouva embarrassé.
Une jeune fille de dix-sept ans inti-
mider cet homme farouche! Il s'en

étonna lui-même , en ressentit plus d'humeur encore , et malgré le froid rigoureux de la soirée , alla se promener à grands pas jusqu'aux limites de la plantation. De là il aperçut le cèdre blanc au pied duquel trois jours auparavant il avait cru perdre Mélanie. Son cœur s'adoucit à ce souvenir. Elle m'est si chère, et je la tourmente sans cesse, pensa-t-il. O Josepha! ô Lia! que n'ai-je ce calme sublime de vos passions ! Il regagna plus lentement la maison , s'arrêta long-tems sous le piassa (1).

Marie et Ederik, le plus vieux des nègres , l'apercevant , l'appelèrent ; il fut obligé de rentrer et de prendre sa place à la table servie abondamment de mets simples et sains. Après

(1) Espèce de portique placé presque devant toutes les maisons américaines.

le souper, Mélanie revint dans la
chambre de Lia, où on avait dressé
un second lit, arrangement que l'innocence de cette dernière trouvait
fort naturel; mais Josepha s'en étonnait, et la simple Marie dit tout naïve-
ment à Henri : Comment, toi pouvoir quitter si belle épouse à toi ? Il
feignit de ne pas entendre, et remonta
chez lui plus triste qu'à l'ordinaire.
D'autres pensées donnaient aux
moindres actions de Mélanie cette
empreinte de tristesse qui n'échappe
point aux cœurs sensibles. Lia la contemplait donc, se déshabillant lentement et étouffant de fréquens soupirs ;
elle lui prit la main, lui disant : Amie
Mélanie, l'affliction paraît t'avoir
frappée de ses traits les plus poignans ;
on prétend que ta nation est si folâ-
tre, si frivole, et cependant Saint-
Victor était arrivé ici mélancolique

comme toi; l'amertume de ses peines
passées s'est adoucie sous l'ombrage
de nos acacias. Laisse-moi espérer
qu'il en sera de même des tiennes.
— O mon aimable Lia ! il en est
d'une nature que la mort seule peut
effacer. — Serais-tu donc coupable ?
— Non, le ciel m'est témoin que c'est
à l'accomplissement de mon devoir
que j'ai sacrifié le bonheur de ma vie.
— Et tu invoques la mort ? La paix
de ta conscience, la mémoire d'un
dévouement héroïque, à ce qu'il paraît, ne peuvent-ils répandre quelques charmes sur ton existence ? for-
tifie ta raison, ne nourris point d'amers
souvenirs.

Regrettes-tu l'Europe ? ses brillantes
habitudes ? va, la simplicité commode
des nôtres, finira par te plaire. Gé-
mis-tu sur la perte d'une mère, d'une
amie ? — Ici Mélanie ne put retenir

ses larmes, et Lia s'attendrit elle-
même. — Eh bien! continua-t-elle,
je te promets de pleurer avec toi;
mais promets-moi aussi de soigner ta
débile santé, de partager mes occupations, qui deviendront une utile
distraction. Saint-Victor, ajoutait-elle
en souriant, assurait que j'étais habile dans l'art de cicatriser les plus
profondes blessures; qu'il me serait
doux, je le répète, d'en faire une
nouvelle expérience sur ton cœur
déchiré!

Mélanie reposa assez paisiblement
cette nuit-là; néanmoins, le lendemain elle se sentit si souffrante, si
faible, qu'elle ne sortit pas de la chambre de Lia. Celle-ci partagea son tems
entre sa mère et elle. Après-dîner,
tandis que Josepha reposait, et que
Henri était occupé à écrire, assises
toutes les deux près d'un feu pétil-

lant, Mélanie pria Lia de lui raconter ses amours avec Saint-Victor, ainsi qu'elle le lui avait promis.

Je n'aurai point à te rapporter d'événemens remarquables, répondit Lia; mais si tu m'aimes, comme je le désire, amie Mélanie, tu connaîtras avec intérêt l'époque qui répandit sur toute la nature un charme inconnu jusqu'alors à la simple Lia.

« Une belle soirée de l'été dernier, j'étais appuyée contre le grand hycory que tu aperçois au milieu de la prairie, occupée à réfléchir sans doute; mais peut-être d'une manière vague, ce que je n'ai plus éprouvé depuis, je t'assure. Je fus donc aisément distraite dans cet instant, par l'approche d'un jeune homme. O amie! que ses traits me parurent beaux, son maintien gracieux! il me salua avec une manière noble, aisée, que je ne puis dépeindre. Mon salut à moi, fut contraint ; mon cœur lui offrait déjà l'hospitalité, et mes lèvres ne pouvaient le lui dire ; enfin, il la demanda, si cela ne gênait en rien les maîtres de cette plantation.

Je le conduisis vers ma mère, qui ne tarda pas à me dire tout bas : Lia, ayons bien soin de lui, car il paraît malheureux. Effectivement, amie Mélanie, son âme était dévorée de peines ; il s'empressa de nous apprendre, sans que nous lui demandions, qu'il était Français d'origine, et peintre ; qu'il se nommait St.-Victor ; que son amour pour son art l'avait invité à parcourir nos plus riantes comme nos plus agrestes provinces ; que d'ailleurs un but sacré l'appelait à Azylum, où il espérait retrouver sa famille parmi les membres de cette naissante colonie.

3   2

Il parlait aussi bien anglais que toi,
pas un mot ne m'échappait ; mais je
n'osais me joindre à cette conversation : néanmoins, en nous séparant,
je lui dis : Ami, cette forêt offre plusieurs aspects remarquables, demeure
assez de tems avec nous pour les
parcourir ; tes crayons ne resteront
pas oisifs. Ma mère insista, et il nous
promit quelques jours. Il causait davantage avec l'amie Josepha qu'avec
moi. Qu'elle est heureuse ! lui dit-il
un jour, en me regardant ; sa beauté
fait l'ornement de ces déserts, sans
craindre que nul corrupteur puisse
la profaner ; son âme restera pure,
aucun venin ne s'y glissera. Lia,
ajouta-t-il avec expression, avez-vous
déjà promis votre foi ? — Non, lui
répondis-je interdite, ma mère n'en
a point disposé. — Ah ! si vous l'aviez
donnée, vous y seriez fidèle. — Je

levai mes yeux, mes mains vers le
ciel, et Saint-Victor démêla bien que
je ne croyais même pas à la possibi-
lité du parjure. Il tomba dans la rêverie : pour le distraire, ma mère lui
proposa de m'accompagner le lendemain à une de nos assemblées religieuses ; Marie vint avec nous. Notre
voyage fut silencieux, Saint-Victor
était si triste !... Arrivée assez tard,
les amis étaient tous rassemblés. Je
me rangeai à la place habituelle, que
par une aimable condescendance on
me laisse toujours. Là, je dus oublier
l'étranger ; mais l'esprit de l'univers
m'inspira : je le déclarais, je parlais
sur la bienfaisante, la douce compassion, sur les secours salutaires qu'elle
apporte aux corps souffrans, aux
cœurs affligés. Quelques profonds
soupirs interrompirent le calme presque toujours imperturbable de cette

assemblée. Mon cœur les recueillit ;
je démêlai l'infortuné, c'était Saint-
Victor, sa tête appuyée dans ses
mains ; il s'appliquait sans doute tout
ce que je venais de dire. Ah ! mon
discours était bien une inspiration du
ciel, puisqu'il avait été consolant pour
Saint-Victor.

» En sortant de l'église, il me prit
la main, la serra, et me dit : Vous
êtes un ange, Lia. Notre retour fut plus
expansif ; il parla avec enthousiasme
de nos usages, de nos préceptes, sur
lesquels on voulait, en Europe, jeter
un vernis d'exagération et de ridicule, tandis qu'elles sont d'une sublime simplicité.

» Telles furent les expressions de
Saint-Victor, et jamais je n'avais été
si fière, si contente d'être de la secte
des amis. Depuis ce jour il s'occupa
davantage de moi, il ne manquait

pas une de nos assemblées ; il passait
des jours entiers assis à mes côtés,
à l'ombre de nos acacias. Destiné,
disait-il, à passer sa vie en Amérique,
il trouverait honorable et doux d'être
admis au nombre des amis. Ce projet
faisait palpiter mon cœur de je ne
sais quelle vague espérance. . . . Ma
mère souriait aussi à cette nouvelle
adoption, car Saint-Victor lui paraissait pur et vertueux. Rarement il
m'entretenait de sa patrie, ces souvenirs le jetaient dans des accès de
tristesse profonde ; alors je changeais
de conversation, et je lui parlais des
villes, des grands lacs qu'il avait déjà
parcourus dans notre continent.

Un jour il prétendit, je ne m'en
doutais assurément pas, qu'il y avait
plus de trois mois qu'il habitait parmi
nous ; j'étais si heureuse, depuis quelques semaines surtout, que je lui

trouvais l'air moins affligé, que je lui
dis en tremblant, dans la crainte qu'il
n'annonçât son départ : Qu'importe
des mois, des années, si tu te trouves
bien dans cette retraite ! — Mieux
que partout ailleurs, répondit-il avec
feu ; mais un devoir sacré, l'espérance de retrouver mes parens à
Azylum, me forcent d'y aller. — On
ne te reverra donc plus ! m'écriai-je,
baignée de larmes. — Lia, me de-
manda-t-il avec attendrissement, se-
rai-je assez heureux pour être regretté ?

» Je courus me jeter dans les bras de
ma mère, témoin de cette scène ; elle
sourit à mon trouble. Ami Saint-
Victor, lui dit-elle, ceci me rappelle
le jour où Jones Burd croyait quitter
à jamais la Pensilvanie ; mais mon
père nous voyant en pleurs tous les
deux, l'engagea à revenir, en lui di-

sant : Je promets ma bénédiction à celui qui fera le bonheur de ma fille, et je crois que c'est toi, Jones Burd, qui est destiné à la recevoir.

» Ah ! reprit Saint-Victor, un malheureux proscrit, un cœur flétri par la douleur, pourrait-il espérer qu'on lui adressât de si flatteuses paroles ! Respectable Josepha, chère Lia ! vous qui m'avez rattaché à la vie, me serait-il permis de vous la consacrer ! — J'ai bien peur que tu ne refuses encore celui-là, me dit ma mère avec une aimable gaîté. — Non, repris-je, si Saint-Victor crois pouvoir assurer, au nom de sa famille, que je passerai ma vie près de vous dans ma patrie. — Je n'en ai plus d'autre, observa Saint-Victor avec un mouvement douloureux. Oui, continua-t-il plus vivement, je suis certain de faire goûter mes plans à mon père, ainsi qu'à ma

mère. Nous nous réunirons tous ; vous
avez l'intention de vous rapprocher
de la ville : notre fortune, notre in-
dustrie réunies, nous permettront un
plus vaste établissement, mais non
moins simple, rassurez-vous. Nos
jours de fête seront ceux où nous
pourrons offrir l'hospitalité au voya-
geur égaré, ou bien quand j'irai entendre mon éloquente Lia. (Il m'appela ainsi, amie Mélanie)

 » Après être entré dans quelques détails avec ma mère, il nous demanda
l'assurance de nous retrouver ici vers
la fin du printems, son absence devant
être un peu longue, parce qu'il avait
à faire un voyage dans une île voisine, plus opulente, et sans doute
moins fortunée que notre contrée.
Il resta quelques jours encore. La
veille de son départ, nous nous enfon-
çâmes dans la forêt, au pied de ce
même

même cèdre où je t'ai trouvée, amie ;
nous nous reposâmes. Je le conjurais
d'abréger son absence ; je témoignais
quelques craintes que ses parens ne
voulussent le ramener en Europe. En
Europe ! répéta-t-il avec une fureur
qui n'avait jamais paru animer ses
yeux, habituellement si tendres ; jamais , jamais : si vous saviez ce que
j'y ai souffert ; je préférerais habiter
parmi les sauvages les plus féroces ;
mais un destin plus doux m'est réservé : chez un peuple humain , vertueux , éclairé, au sein de sa simplicité , j'ai trouvé une Lia. O Lia !
ajouta-t-il, que vous méritez d'amour !
Je vous aime de toutes les puissances
de mon âme , et je sens que ce
n'est point assez. Pourquoi ne nous
sommes-nous pas connus dès notre
enfance ? Les premiers soupirs de
mon cœur eussent été pour Lia : au-

jourd'hui , abattu , languissant , il
tremble de n'être pas digne d'elle.

» Ami Saint-Victor, lui répondis-je
en soupirant, tu as donc bien aimé
au printems de ta vie ? Ah Dieu ! ré-
pliqua-t-il, en se couvrant le visage
de ses deux mains. Je l'invitai à
me parler de l'objet de son premier
amour, cela pouvait m'être pénible ;
mais je pensais qu'il souffrirait moins
après cet épanchement.

» Lia, me répondit-il d'un ton plus
calme, ce serait souiller votre pureté
que de vous entretenir d'un être aussi
vil, aussi perfide ; ne m'engagez jamais à me livrer à de pareils souvenirs, ne m'entretenez que de vous,
du bonheur charmant que je vous
devrai, et que votre situation pouvait
seule me rendre.

» Je suis donc contente de mon partage, répondis-je, et ne serai plus

jalouse de celle que tu aimas plus que
moi, mais qui te rendit malheureux.
Alors il m'appela des noms les plus
tendres, jura de n'être jamais qu'à sa
chère Lia. J'avais besoin de ce ser-
ment; je le lui fis répéter dix fois.
Nous oubliions dans cet entretien,
que la nuit nous enveloppait de ses
ombres : ma mère est seule, dis-je
enfin, retournons vers elle. Cette
bonne mère prolongea la soirée à
cause de nous. L'ami Saint-Victor
reçut ses bénédictions. Nous nous sé-
parâmes; mais aux premiers rayons du
jour je me levai, et je le reconduisis
jusqu'à l'extrémité du dernier champ
de maïs. Là, Saint-Victor me serra
contre son sein, en me disant : A mon
retour, nous ne nous séparerons plus.
J'emportai cette consolante espérance, et je crois à tous les bienfaits
de la Providence, puisque dans cette

3 *

même année elle m'a envoyé un époux si cher, et toi, amie Mélanie. »

Lia finit ainsi son récit, et Mélanie, comme Saint-Victor, la trouvait bien digne d'occuper uniquement un cœur, qui paraissait encore maîtrisé par un cruel souvenir ; mais elle remarqua aussi que du moins les hommes n'étaient pas inaccessibles à de douces consolations ; tandis qu'elle, hélas ! perdrait la vie avant le sentiment de son unique amour.

CHAPITRE XXVI.

LIA s'attachait de jour en jour davantage à Mélanie ; elle éprouvait un sentiment bien différent pour Henri. Ses violens caprices, sa farouche mélancolie, le rendaient par fois un hôte assez désagréable ; cependant elle avait peine à concevoir la froideur méprisante avec laquelle Mélanie traitait cet homme, qui enfin était son époux. La sage Josepha s'en étonnait encore davantage, et au fond de son âme, justifiait un peu les emportemens d'Henri, qui semblaient naître toujours de sa passion pour sa femme. Josepha respectait les secrets de ces deux étrangers ; mais ainsi que Lia, elle eût voulu les connaître, espérant répandre quelque baume adoucissant dans leurs âmes aigries ; elle

communiqua cette idée à sa fille. Ne
vois-tu pas, lui dit-elle, qu'un mal
dévorant les consume. Mélanie est
sur le bord du tombeau, Henri
éprouve une altération sensible ; va,
au nom de l'amitié, prier l'un d'eux
de nous confier ses peines; et Lia
volant dans les bras de Mélanie, lui
demanda avec sa naïve éloquence, une
confiance entière. — O Lia! votre
compassion m'est bien chère, elle
semble retenir ma débile existence,
continuez de me l'accorder, j'atteste
le ciel que j'en suis digne; mais je ne
puis vous faire connaître toute l'étendue de mes malheurs. Une estimable
délicatesse empêchait Mélanie de s'ex-
pliquer davantage ; car ce n'était pas
elle qui devait redouter d'inspirer le
mépris et l'horreur. Lia affligée, mais
non mécontente, se détermina à parler à Henri, qui affectait pour elle

une espèce de vénération ; elle l'aperçut, se promenant d'un air pensif.
La matinée était belle, le soleil échauf-
fait la surface de la terre ; elle alla le
rejoindre. Ami Henri, lui dit-elle, je
me plains de toi. Lorsque tu arrivas
ici, tu parus t'occuper vivement de
nos travaux, je te voyais disposé à devenir un de nos meilleurs cultivateurs,
et depuis quelques jours, négligent,
oisif même, tu en ressens les mauvais
et inévitables effets, ton esprit paraît
triste, abattu. Henri répliqua avec
amertume, que le dernier des esclaves
pouvait se livrer au travail avec joie,
espérant au retour les doux sourires
d'un épouse, les caresses d'un enfant;
mais que lui, dédaigné, haï, était la
proie d'un profond découragement.
— L'âme de ta Mélanie est cependant
noble et tendre, répliqua Lia avec
douceur ; comment, ami Henri, as-tu

pu lui inspirer des sentimens si pénibles, toi qu'elle a *choisi* pour la gui-
der dans le voyage de la vie. — Ah!
elle ne m'avait pas *choisi*, s'écria
Henri avec désespoir. Et crois - tu,
reprit Lia, avec ce ton persuasif
qu'elle possédait si bien, qu'une conduite affectueuse, les témoignages
de la vive passion qu'elle t'inspire,
exempte de troubles et de violences,
les soins nécessaires pour embellir son
existence, ne pussent pas lui rendre
chère un jour l'union que tu avoues
n'avoir pas été d'abord consentie par
son cœur. Ecoute la sage Josepha,
la simple Lia, confie-toi à elles, il n'y
a plus de tems à perdre. Contemple
Mélanie, vois comme elle est pâle,
faible et amaigrie. Prends-la en pitié,
commence à l'aimer d'une autre manière que tu ne l'as fait jusqu'à ce jour.
— Oui, son âme est noble et tendre,

répondit Henri en soupirant, je ne
le sais que trop ; mais je ne puis espérer de la fléchir jamais. — Tes torts
sont donc bien grands? Henri tressail-
lit, et Lia continua de lui parler avec
cette touchante sensibilité unie à la
raison surnaturelle, dans un âge si
tendre qui formait les bases de son
adorable caractère ; elle émut Henri.
Vous saurez tout, lui dit-il, après un
moment de réflexion. O Josepha! ô
Lia! ne me maudissez pas après m'a-
voir entendu, ne me chassez pas de
votre asile de paix. — Le ciel même
n'est pas fermé à l'être repentant, reprit Lia avec le regard divin qui par
fois animait ses yeux. Que redoutes-tu
de nous, faibles mortels ? En finissant
ces mots, elle tendit la main à Henri,
et le conduisit vers sa mère, à qui
elle dit : Melanie se tait, le coupable
consent à nous tout confier ; j'ignore

quelle est la plus noble conduite des deux dans cet instant. Elle ranima ainsi le courage d'Henri : d'ailleurs, elle prenait insensiblement un empire irrésistible sur lui ; sa céleste beauté, l'expression particulière de ses discours, mélange de simplicité et d'exaltation, son organe harmonieux, persuadaient quelquefois à la vive imagination d'Henri que son ange gardien lui apparaissait sous la forme de Lia. Ce fut donc à ses côtés et à ceux de Josepha qu'il raconta sa passion pour Mélanie ; il ne dissimula rien, il parla de sa naissance, de son existence politique ; au tribunal suprême, il n'eût pas été plus véridique ; l'indignation, la pitié, se manifestèrent souvent pendant son récit. Cependant son premier tort, celui d'avoir aimé malgré son obscurité primitive, Mélanie de Rostange, fut nul aux yeux des deux Qua-

keresses ; mais leurs cœurs pleins de
pureté et d'humanité , virent avec
horreur les perfides machinations
qu'il avait employées pour arracher à
la malheureuse Mélanie son consentement à une union détestée. En écoutant ces pénibles confidences d'Henri,
Lia lui cria une fois : Arrête , je ne
puis t'entendre davantage. Josepha
pleurait aussi sur la déplorable destinée de Mélanie, et bénissait celle
qui avait placé Lia dans une situation
à n'être pas exposée à de semblables
malheurs. La franchise d'Henri, surtout son amour si passionné, si vrai,
finirent par atténuer un peu l'impression d'horreur qu'il avait d'abord
excitée. Josepha et Lia se recueillirent
quelques minutes, puis la dernière
dit à Henri avec force : Malheureux
jeune homme, jusqu'ici tu n'as été
que l'ennemi le plus cruel pour l'ob-

jet de ton adoration; commence et
ne tarde pas, Mélanie a peu de tems
à te donner pour réparer tes crimi-
nelles erreurs ; commence, dis-je , à
devenir son consolateur, son ami ,
respecte au moins ses secrètes douleurs ; à chaque soupir qui s'échappe
de son sein , ne semble pas lui adres-
ser un reproche. Lorsqu'elle parle de
la France, prolonge ces entretiens au
lieu de les interrompre avec humeur :
tu viens de nous vanter la beauté ,
l'éclatante fraîcheur , la vive gaîté qui
la distinguait naguère. Quel changement ! avec quelle précipitation tu
l'as donc entraînée vers sa tombe ?
elle n'a plus que quelques pas à faire ,
sème - les de fleurs, et que le souvenir de ses derniers instans , puisse
adoucir l'amertume de tes remords,
lorsque ta conscience rétrogradera
sur le passé. — Pense-t-on, dit Henri,

avec un sombre sourire, que si je
perdais Mélanie , mon avenir dut
s'étendre bien loin. — Ne nous oc-
cupons point de ce qui ne nous appar-
tient pas , reprit gravement Josepha ;
l'amie Mélanie respire encore , suis
les conseils de Lia , nous y joindrons
nos soins ; et tu pourras réparer les
funestes effets de ta coupable conduite. L'indulgence de ces deux femmes aimables, indulgence qui ne se
rencontre qu'avec la vertu la plus
pure , produisit un effet heureux dans
l'âme d'Henri. Il ne cherche plus dans
la mortelle langueur de sa femme, la
preuve de son amour pour Théodore ;
pensée qui le rendait impitoyable ; il
n'y vit que ses propres torts , et jamais tendresse ne fut plus douce ,
plus attentive , que ne le devint la
sienne ; aussi , les regards de Mélanie
se reportèrent-ils avec moins d'effroi

sur lui ; elle apprécia surtout la
délicatesse qui le retenait dans la
plus grande circonspection lorsqu'ils
étaient seuls ensemble. Josepha, Lia,
entretenaient souvent Henri en particulier pour le confirmer dans ses
bonnes résolutions ; mais elles évitè-
rent avec Mélanie, tout ce qui aurait
pu lui rappeler ses malheurs. Elle ne
soupçonna qu'elles en étaient instrui-
tes, que par le surcroît de compassion
et de respect qu'elles lui témoignèrent.
Henri consultait Mélanie avec déférence sur ses plans futurs ; il lui de-
mandait si l'amitié de Lia ne s'aveu-
glait pas lorsqu'elle présumait qu'ils
pourraient demeurer tous ensemble,
après même son mariage avec Saint-
Victor ; mais il ajoutait que dans tous
les cas, si ce voisinage était aussi cher
à Mélanie, qu'il le pensait, si cette
forêt, ce séjour agreste lui étaient

agréables, les plus pénibles travaux lui deviendraient précieux pour rendre son existence heureuse.

Une autre fois qu'il parlait de sa mère, Mélanie vanta la bonté du cœur de cette femme; alors Henri demanda, presque en tremblant, si sa présence ne lui serait point pénible. De quelle joie, dit-il, je pourrais la combler en l'appelant dans ses déserts; avec quel empressement elle volerait vers nous; et si je puis établir cette communication, pourquoi les bons Enselme ne l'accompagneraient-ils pas? Ne seriez-vous pas contente Mélanie, de revoir Pauline?— Pauline! pensa Mélanie émue, douce et agréable compagne de mon heureuse jeunesse. Elle s'arrêta à ce nom qui était lié à tant de souvenirs; mille *sensations douloureuses* agitèrent son âme, ses larmes coulèrent,

Henri la pressa contre son sein, et elle ne le repoussa pas. Il était ivre de bonheur. Pendant le cours de son existence consacré à l'amour, c'était la première douceur qu'il en avait reçue. Mélanie pleurait dans ses bras; je vous remercie, lui dit-elle enfin, du projet que vous formez pour Pauline ; mais cette idée est bien difficile à réaliser, je ne vous en sais pas moins de gré. Je vous dirai aussi que vous devinez parfaitement mes intentions sur Lia, et si son mariage nous forçait à quitter cette maison, ne fût-ce qu'une *cabane d'écorces*, je l'habiterais si elle était près d'elle. Henri voulait dès le lendemain aller à la ville acheter une concession dans cette forêt, abattre les arbres, défricher les terres, construire une maison. Attendons, dit Mélanie en souriant. Ah ! elle songeait sans cesse au dernier asile qu'elle

présumait devoir bientôt s'ouvrir
pour elle. Dans cet instant, Lia l'appela, et la gronda doucement de
s'être exposée à une si longue promenade, l'air étant très-refroidi depuis
le coucher du soleil. Mélanie convint qu'elle sentait quelques frissons.
Effectivement, dans la nuit même, une
fièvre violente s'empara d'elle. Lia la
veilla avec Henri, qui offrit tout ce
qu'il possédait à Derik, pour courir
chercher le meilleur chirurgien du
comté. Non pas moi vouloir d'or,
répondit Derik, et irai de toute force
chercher sauveur à belle femme à toi.
Le traîneau d'Albany ne tarda pas à
faire voler la neige de toutes parts,
tant on hâta sa course rapide. Henri
éprouva une agitation impossible à
dépeindre, jusqu'à l'arrivée du chirurgien, dont bientôt il fut facile de
reconnaître la véritable ignorance.

3.   4

Enfin, voyant ordonner des choses
que le bon sens naturel semblait ré-
prouver, Henri se livra à un de ses
emportemens, et lui dit : Au moins
me répondez-vous de sa vie ? Non,
Monsieur, lui répondit le flegmatique
Hollandais. — Grand Dieu! elle est
donc en danger ? — Dans le plus im-
minent ; selon toutes les probabilités
elle ne passera pas la nuit. — Lia en
écoutant ces terribles paroles, se jeta
à genoux, et par les plus ferventes
invocations, appela au secours de l'a-
mie mourante une divinité tutélaire.
— Pensez-vous être écoutée, dit Henri
en la relevant avec fureur ; si le ciel
protégeait la vertu, l'innocence, Mélanie eût-elle été abreuvée d'amertume ; aurais-je réussi dans mes affreux projets ; aujourd'hui, serait-elle
condamnée à périr au printems de
sa vie ? Je respecte les décrets céles-

tes , reprit Lia avec une douleur calme , je ne .les accuserai jamais , dussent-ils m'enlever Mélanie. Je pleurerai sur ses amis , particulièrement sur toi ; mais je me dirai que sa belle âme reçoit l'éternelle récompense. Elle regagna la chambre de Mélanie. Ne me quittez plus, dit celle-ci d'une voix affaiblie. Henri était profondément absorbé , rien n'interrompait le silence lugubre qui régnait autour de la malade. Henri s'en approcha enfin , il tomba au pied de son lit. Me pardonnez-vous , dit-il en joignant les mains. Mélanie soupira. — Me pardonnez-vous ! s'écriat-il encore et avec un accent si déchirant, que Mélanie ranima ses forces éteintes pour lui dire : Oui, Henri. Elle serra même sa main comme pour exprimer la sincérité de ce pardon,

et elle rejeta sa tête sur le sein de
Lia. Elle s'endort, dit celle-ci avec
joie. Le médecin remua la tête, et
prononça le mot de léthargie. La nuit
se passa dans cette situation; Henri
ne cessa pas de contempler sa malheureuse victime. Souvent le médecin venait tâter son pouls; il s'arrêta plus long-tems à la dernière fois.
Pauvre femme ! prononça-t-il avec
un accent de compassion qui fit tressaillir Henri, et que Lia comprit si
clairement, qu'elle tomba évanouie
près du visage inanimé de son amie.
En revenant à elle, Lia se trouva
dans la chambre de sa mère, entre le
médecin et Marie. Mélanie! dit-elle.
— Elle ne souffre plus, répondit Josepha, en répandant des larmes. De
profonds soupirs attestèrent la vive
douleur de Lia. La vieille Marie, le

simple Derik, pleuraient aussi l'aimable étrangère. — Et Henri, demanda Lia, le malheureux, que fait-
il ? qu'il est à plaindre ! — Je n'ai pu
l'arracher d'auprès du lit funèbre, répliqua le médecin ; mais il paraît assez
tranquille. Lia frissonna. Ah ! pensa-
t-elle, l'aspect du bourreau de Mélanie ne peut qu'être odieux ; mais
on assiste le criminel à ses derniers
instans : allons donc vers lui, car il
n'y survivra pas......

Au même moment, elle entendit
un coup de pistolet et un cri perçant,
qui ressemblait à la voix de Mélanie.
On court éperdu. Henri expirait près
d'elle, et son œil exprimait encore le
sentiment qu'il venait d'éprouver en
étant témoin de cette apparente ré-
surrection. Mélanie vivait encore ; on
avait considéré comme une mort cer-

taine, ce qui n'était que les symptô-
mes d'une profonde léthargie. L'ex-
plosion de l'arme à feu l'en avait fait
sortir , et avant de rendre le dernier
soupir, Henri l'avait entendue, l'avait
vue se tourner de son côté.... Ses
bras s'étendirent vers elle , et il fut
l'unique victime que la mort vint
réclamer.

Au milieu de cette scène d'horreur
et de joie , Mélanie demanda , en
balbutiant, qu'on l'arrachât à cet affreux spectacle. Le vigoureux Derik
la prend dans ses bras et la dépose sur
le lit de la chambre voisine. On lui
fit une saignée qui produisit les plus
heureux effets. Elle se rendormit
aussitôt d'un excellent sommeil : Lia
osait à peine l'y laisser livrer ; le
médecin la rassura et lui promit même
que puisque sa constitution avait pu

supporter une pareille crise, il y avait apparence qu'elle se rétablirait entiè-rement.

On trouva près d'Henri un billet qu'il avait écrit avant de terminer sa vie. « Elle n'est plus ; je n'ai pas le » courage de m'imposer la punition » de lui survivre. Au nom de Mélanie, » exaucez mes dernières volontés : Je » demande donc qu'on emploie mes » fonds (consistant en excellentes » traites sur monsieur L. C., négo-» ciant à Albany), à construire un tom-» beau pour celle que j'y ai conduite. » Lia, je laisse à votre âme, à votre » génie, le soin de diriger les funè-» bres ornemens du dernier asile des » grâces et des vertus que j'ai immo-» lées ; qu'il soit placé dans l'enceinte » de cette plantation. Je ne demande » pas que ce monument soit profané

» par mes cendres ; mais que l'on
» m'accorde un peu de terre sous
» l'arbre qui en sera le plus voisin ;
» que l'on y grave l'histoire de ma
» vie , de ma mort, que renferment
» ces mots : *Il aima Mélanie.* »

Elle existait , cette Mélanie ; on
espérait la conserver. Lia crut donc
pouvoir donner quelques larmes à
la destinée d'Henri , fatal exemple
du pouvoir des passions. Hélas ! dit-
elle, s'il n'eût connu l'amour , il eût
été vertueux. ....

Le médecin donna les ordres pour
que les derniers devoirs lui fussent
rendus avec décence , et Lia indiqua
pour son éternelle demeure, non loin
de la plantation, l'espace revêtu d'acacias et d'hiccorys, où souvent il était
venu rêver, et la main de Lia grava sur
l'écorce de l'arbre le plus proche de
cette

cette dépouille terrestre : *Il aima Mélanie.*

L'infortuné connaît enfin le repos, dit Lia, en se prosternant : Je te promets que jamais devant moi aucune malédiction ne troublera ta mémoire. Elle s'était éloignée peu d'instans de Mélanie, elle y revint avec empressement, et la trouva excessivement agitée. Plus sa faiblesse d'organes se dissipait, plus elle pensait à la terrible scène qui avait frappé son imagination, le soir précédent. Par ses aimables soins, Lia détruisit cette impression de terreur ; une douce et compatissante tristesse lui succéda, et Mélanie, oubliant dans cet instant les crimes d'Henri, ne put refuser quelques regrets à sa jeunesse et à sa mort. Elle répéta les expressions de Lia, si généreuses, si nobles, dans la bouche de Mélanie : *Jamais devant*

3.   5

moi aucune malédiction ne troublera
ta mémoire.

Lia la serra dans ses bras : O amie
Mélanie ! lui dit-elle , le tems d'épreu-
ves est passé, et c'est pour le bonheur
que le ciel t'a fait naître,

CHAPITRE XXVII.

L'APPROCHE du printems hâtait la
convalescence de Mélanie ; bientôt
elle pût se lever ; le médecin la quitta,
s'attribuant le mérite d'une cure que
la nature avait seule opérée ; il or-
donna un régime suivi, annonçant
qu'elle serait encore long-tems à re-
prendre un parfait état de santé, et
qu'un choc violent l'anéantirait sans
ressource.

Mélanie suivait ponctuellement ses
ordonnances ; la vie lui redevenait
chère, de vagues espérances rame-
naient déjà par momens le sourire sur
ses lèvres, une teinte animée sur ses
joues. Une fois elle nomma Théodore,
et finit par en parler constamment ;

5 *

elle désirait presqu'autant que Lia, l'arrivée de St.-Victor, qui pouvait leur donner des instructions, pour avoir des nouvelles particulières d'Europe. Dans d'autres instans, une longue habitude de malheurs la décourageant, elle redoutait que Théodore ne fût plus libre, qu'elle ne fût oubliée de tous ceux qui l'avaient connue, entourée jadis; elle avait appris la destruction de la sanguinaire faction qui régnait en France lors de son départ; mais elle savait aussi quelle rigueur on continuait d'exercer contre presque tous ceux qu'elle avait forcés de fuir : sa patrie lui était toujours chère, mais elle lui était donc fermée ! Ah ! si on le lui eût permis, elle eût confirmé de grand cœur l'abandon de tous ses biens, pourvu qu'on la laissât habiter quelques mo-

mens le sol précieux de Saint-Sernin :
ses craintes, ses désirs si naturels se
manifestaient par fois avec une vivacité extrême, ou par un surcroît d'a-
battement. Lia la devinait, la plaignait
et employait d'heureux efforts pour
l'arracher à ces diverses sensations.
Elle l'engagea à l'accompagner à l'assemblée du premier du mois (1). Le
dimanche suivant, Josepha leur recommanda de passer le second jour
chez l'ami Jonathan Burd son beau-
frère. Mélanie l'avait déjà vu une ou
deux fois, et elle y consentit avec
plaisir. Elles arrivèrent à l'église : depuis long-tems Mélanie ne s'était
trouvée dans un de ces pieux asiles ;

_____

(1) Une des solennités religieuses de la
société des Quakers.

elle ne reconnaissait pas dans celui-ci la somptueuse magnificence des nôtres , mais des cœurs purs , vertueux, le remplissaient , et Mélanie , avec ferveur , unit ses prières à celles d'un culte différent du sien , et sans doute agréées aussi avec bonté par la divinité.

A la sortie de l'église , on se rendit assez silencieusement chez l'ami J. Burd. Mélanie remarqua que tous les regards étaient tournés vers Lia ; ceux des jeunes gens peignaient l'admiration ; ses compagnes lui souriaient sans expression d'envie, les mères et les vieillards la contemplaient avec un plaisir calme et non moins doux. Mélanie jouissait du triomphe de son amie, qui véritablement, dans sa modeste robe de soie grise, avec un tablier, un mouchoir et un petit bé-

guin de fine batiste, eût sûrement
égalé, peut - être même effacé la
plus belle femme de Londres et de
Paris.

Lorsqu'on fut arrivé à la maison de
J. Burd, on entoura Lia ; on l'entre-
tint de sa mère, on recueillait ses paroles, ses sourires. L'empire de la
beauté est partout établi, songeait
Mélanie ; et réellement quelque vénération que dussent inspirer les
vertus prématurées de Lia, si elles
eussent été revêtues d'une moins brillante enveloppe, les sages et flegma-
tiques amis ne l'eussent pas ainsi déi-
fiée. Un seul jeune homme, d'une
figure intéressante, se tenait à l'écart,
et ses yeux constamment fixés sur la
terre, ne se tournaient jamais vers
Lia. Mélanie demanda à une des filles
de Jonathan si c'était un étangrer. Oh!
non, reprit-elle, c'est l'ami Georges

Wilson, le fils d'un de nos voisins. Lia ne t'en a donc jamais parlé? — Dans tous les pays du monde, les jeunes filles aiment à raconter les histoires d'amour; aussi Rachel Burd dit bien vite à voix basse, à Mélanie, que le pauvre Georges aimait depuis long-tems Lia, qu'il l'avait enfin demandé en mariage, il y avait cinq ou six mois; que Josepha avait répondu que la foi de sa fille était promise à un Français, qui devait devenir membre de la société. L'ami Georges est inconsolable, ajouta Rachel, il a même confié à mon frère, qu'aussitôt le retour de son aîné, qui doit revenir des provinces méridionales, dans un an au plus tard, il lui remettra le soin de leur vieux père, et se retirera parmi les Shakings quakers (1), ne voulant

_____

(1) Espèce de république religieuse, et

jamais se marier, puisque Lia l'avait
refusé. Qui pourrait en effet, observa
la modeste Rachel, remplacer dans
son cœur, Lia si belle et si bonne ?

Le reste de la journée se passa au
sein d'une simplicité, d'une gaîté qui
ranima Mélanie; sans musique, sans
danses, sans cartes, le tems s'écoula
agréablement; le surlendemain, de
grand matin, Mélanie et Lia quittè-
rent l'honnête famille Burd, et re-
montant dans leur charriot, retournèrent vers l'amie Josépha.

La plus belle saison de l'année,
dans tous les climats de la terre, le
suave printems touchait à sa fin. Lia
se livrait aux plus vives espérances de

---

même monastique, dont les membres renon-
cent au mariage. Leur principal établissement est à Nisquennia, à quelques milles
d'Albany.

voir bientôt arriver Saint - Victor ;
eût-il tardé plus long-tems, elle eût
toujours eu foi en ses promesses ;
l'âme de Lia ne devait pas concevoir
le parjure. Mélanie l'attendait aussi
comme un bienfaiteur ; c'était un
Français, il pouvait connaître Théodore, lui en donner des nouvelles,
et régler enfin son incertaine destinée. Ah! sans le besoin de revoir sa
patrie, ses anciens amis, vivre avec
Lia qu'elle aimait si tendrement, eût
comblé tous ses désirs. Déjà elle était
au courant des habitudes américaines, ses jolies mains filaient habile-
ment le lin ; les détails agricoles l'in-
téressaient : assise dans les prairies
de Thimoty et les champs de maïs,
elle aimait à entendre le chant joyeux
des nègres. Ensuite, les regards de Lia
semblaient vivifier la nature, et sur
les bords les plus rians, les plus fer-

tiles , on n'eût pu trouver une plantation en meilleur état que celle de
Josepha Burd, au milieu des bois, et
sous un climat rigoureux.

Un soir, la brillante clarté de la
lune, une agréable fraîcheur, retin-
rent long-tems Mélanie et Lia sous le
feuillage des acacias, en respirant
leurs odorantes fleurs. Lia observait
en soupirant qu'on était déjà au douze
de juin, lorsque le bruit de plusieurs
chevaux la fit tressaillir. On se dirige
vers la maison, dit-elle; elle court,
Mélanie la suit. Un jeune homme s'a-
vance précipitamment. C'est lui,
s'écrièrent-elles toutes les deux ensemble, et Lia est dans les bras de
St.-Victor, tandis que Mélanie tombe
évanouie, car ce Français Saint-Victor, l'amant de Lia enfin, était Théodore d'Albeuil. L'aspect de Mélanie
lui fait jeter un cri perçant ; trem-

blant, pâle, il s'appuie contre un arbre; mais Lia ne voit que Mélanie,
étendue sur la terre, elle implore le
secours de Saint-Victor : Approchez
vite, Saint-Elme, est tout ce qu'il
peut dire; et M. de Saint - Elme, le
parent, l'ancien ami de Mélanie, est
à ses côtés; il frémit un instant en
voyant la femme d'Henri : l'humanité
seule dirigea les soins qu'il lui rendit.
Mélanie ouvre les yeux, tout est
éclairci. Lia est sa rivale, mais rési-
gnée à se sacrifier toute sa vie, le
nom de Théodore est seulement dans
son cœur, ses lèvres prononcent celui de Saint-Victor. J'ai quelquefois
rencontré, Monsieur, en France,
balbutie-t-elle, et dans des circons-
tances tellement frappantes, que sa
vue m'a fait une vive impression.
Dans cet instant elle aperçut M. de
St.-Elme : Mon cousin, lui dit-elle

avec expression, pouvez-vous reconnaître Mélanie de Rostange? Ce nom
m'est toujours bien cher, répliqua St.-
Elme avec une expression de froideur. Mélanie soupira en se disant:
Amour, amitié, j'ai tout perdu, et il
m'est défendu cependant de m'expli-
quer dans ces lieux. Amie, pourrais-
tu regagner la maison, demanda alors
Lia à Mélanie qui assura que oui;
cependant elle était si chancelante
qu'elle fut forcée de prendre le bras de
M. de Saint-Elme. Théodore mar-
chait en silence près de Lia, et lorsqu'il était forcé de répondre à ses
questions, ses accens étaient tellement oppressés qu'à peine l'enten-
dait-on. La confiante Lia attribuait
à la fatigue, à la joie de la revoir,
une si forte émotion; elle le conduisit à Josepha, en s'écriant de loin:
Trois fois heureux ce jour, ton fils

est revenu. A ce nom de fils, Mélanie
jeta un regard sur Saint-Victor, mais
déjà il était aux pieds de Josepha, il
baisait ses mains, et dans ses témoignages de respect et d'affection, il
cherchait à cacher le trouble extrême
qu'il ressentait... Enfin on s'assied,
St.-Victor est à côté de Lia, et Mélanie est devant lui ; n'importe, il
n'avait jamais été si passionné pour la
première, qui lui demanda enfin s'il
avait rejoint ses parens, ou au moins
en avait eu des nouvelles ? Il lui répondit que ses espérances avaient été
trompées, qu'il avait vainement par-
couru l'Amérique ; mais que par un
rare bonheur il avait rencontré monsieur de Saint-Elme, qui avait quitté
récemment sa famille à Hambourg,
où elle jouissait d'une parfaite santé.
En écoutant ces derniers mots, Mélanie sembla remercier le ciel en le-

vant les yeux vers lui ; ce regard n'é-
chappa point à Théodore, tellement
pénétré de sa prétendue perfidie ,
qu'il en fut plus indigné que touché.
Je leur ai écrit, continua-t-il en s'a-
dressant à Lia, je les presse fortement de venir nous rejoindre en dé-
clarant que jamais je ne reverrai l'Europe, qui ne me rappelle que *d'o-
dieux souvenirs*. Ah ! s'il eût seulement dit, douloureux , le soupir de
Mélanie eût été moins surchargé d'a-
mertume. La conversation devint générale : M. de Saint-Elme y déploya
son amabilité , son hilarité que le
malheur n'avait nullement altérée ;
froidement poli pour Mélanie , il fut
de la galanterie la plus empressée pour
Lia. Etant trop habile pour ne pas de-
viner le trouble secret qui agitait
Théodore , il cherchait à éblouir ceux
qui ne devaient pas, pour leur repos,

voir les choses telles qu'elles étaient. Il arracha plus d'un sourire à la grave Josepha ; pour Lia, son âme était tellement ouverte à la félicité, qu'il fallait bien peu de frais pour exciter sa gaîté. Au moment où on allait servir un repas simple et confortable, pour les deux voyageurs, Mélanie demanda la permission de se retirer ; Lia la conduisit à sa chambre, et l'embrassant avec transport : Amie Mélanie, lui dit-elle, partage mon bonheur, Saint-Victor m'aime toujours, tu l'as connu jadis, et tu retrouves un parent. Ainsi, ce jour n'est pas seulement heureux que pour moi. En finissant ces paroles elle descendit promptement. Toutes les espérances, les illusions de Mélanie étaient détruites ; combien ne regretta-t-elle point de n'avoir pas succombé à sa dernière maladie. Re-

trouver Théodore infidèle, n'en pas
obtenir une marque de compassion,
quoique l'abattement de ses yeux, la
pâleur de ses joues eussent bien dû la
lui inspirer! Elle renonçait, puisque
l'amitié, la délicatesse lui en faisaient
une loi, à tout sentiment de tendresse
de la part de Théodore; mais au
moins obtenir une de ses larmes! Ah!
elle l'eût achetée du reste de sa vie.
Elle voyait bien que M. de Saint-Elme
avait aussi de fortes préventions contre elle; mais connaissant sa légèreté,
sa bonté, elle ne doutait pas qu'elle
ne regagnât son affection; d'ailleurs
elle pouvait lui confier ses malheurs,
et certes son estime lui serait alors
rendue, son appui assuré, et elle pré-
voyait bien en avoir besoin, ne pouvait pas rester pour être témoin des
amours et de l'union de St.-Victor et
de Lia. Elle eût fui dès le lendemain,

5*   6

sans la crainte d'éclairer et d'affliger
sa trop chère rivale. Livrée depuis
deux heures à ces tumultueuses, ces
déchirantes réflexions, elle était res-
tée à la même place où Lia l'avait laissée, tandis qu'elle avait montré un
pressant besoin de se livrer au sommeil. Aussi Lia, en revenant, témoi-
gna-t-elle sa surprise ; hélas ! dit Mélanie, la vue de ces Français m'a rap-
pelé tant d'événemens, que je m'étais
laissée ainsi absorber. Lia la gronda
doucement, l'aida à se déshabiller,
et lui parut moins radieuse que lorsqu'elle l'avait quittée. Saint - Victor
est encore triste, observa-t-elle, jamais même je ne l'ai vu si agité, si
sombre que lorsque tu t'es retirée
d'avec nous ; je crois que la vue d'une
Française lui a causé de même qu'à
toi une impression douloureuse ; mais,
ajouta-t-elle avec un sourire plein

d'aménité et de confiance, cette sensation sera fugitive pour vos cœurs affligés, et bientôt au contraire cette rencontre offrira à l'un et à l'autre mille
consolations.—Non, reprit tristement
Mélanie, Saint-Victor n'est pas malheureux comme moi.—Ah! ses souf-
frances étaient bien aiguës lorsqu'il
arriva ici la première fois.—Vos soins,
Lia, ont parfaitement réussi à les
adoucir. Le ton avec lequel Mélanie
prononça ces paroles, confondit Lia;
mais que ne pardonne-t-on pas à une
amie malheureuse? Elles se couchè-
rent et dormirent peu. Le retour d'un
amant occupe l'imagination d'une
jeune fille, et Mélanie, à jamais dé-
laissée, s'abandonnait au plus décourageant désespoir. A bien peu de
distance d'elle, M. de Saint-Elme
cherchait vainement à calmer Théodore: Elle est près de moi, disait ce

dernier, cette Mélanie, jadis adorée, et maintenant objet d'horreur et de mépris. Il prononçait mille imprécations. Où est son Henri ? Pourquoi n'en avoir pas parlé ? — Es-tu fou, mon pauvre Théodore ? ne m'as-tu pas recommandé tout bas, lorsque Mélanie nous a eu quittés ce soir, de ne pas faire la moindre question sur son compte ? N'as-tu pas interrompu la charmante Lia, lorsqu'elle a commencé l'éloge de l'amie Mélanie ?

Ne prononce plus ce nom : parlons de Lia, si pure, si belle, si aimante. — C'est un être céleste : jusqu'à cet instant je ne concevais pas trop, je l'avoue, ta fantaisie de te fixer ici, de vouloir y faire venir M. et madame d'Albeuil ; mais j'ai vu Lia, et je suis prêt à me faire moi-même Quaker. — Dieu ! disait Théodore, en se promenant à grands pas dans la chambre,

comme le feu jadis si vif de ses grands
yeux noirs est éteint. — Les yeux
noirs de Lia; y penses-tu? ils sont du
plus beau bleu, et brillent du plus
doux éclat. — Ah! je parlais de cette
femme....., de ta parente, enfin,
St.-Elme; et si elle souffre, comme
les apparences semblent l'annoncer;
si le remords a atteint son âme, tu
dois la secourir, la protéger peut-
être, contre le scélérat à qui elle a
tout sacrifié. Saint-Elme lui serra la
main d'une manière expressive; il attendait avec impatience le lendemain,
afin d'avoir quelques renseignemens
sur Henri : il redoutait quelque rencontre entre celui-ci et son ami. Cette
idée ne se présentait pas sous le même
aspect aux yeux de Théodore, et il
se flattait que le jour des vengeances
ne tarderait pas à luire.

M. de Saint-Elme, accablé de fati-

gue , et qui d'ailleurs , comme il
l'observa , n'adorait ni ne haïssait
personne dans ces lieux , finit par
s'endormir. Pour Théodore , la nuit
où il avait appris que Mélanie était
perdue pour lui , ne fut peut-être pas
plus affreuse que celle où il la retrouvait.

CHAPITRE XXVIII.

A PEINE était-il cinq heures du matin, que Théodore parcourait déjà les alentours de la plantation; pour effacer de plus anciens souvenirs, il se rappelait que dans ces mêmes lieux, Lia avait charmé ses oreilles, ému son cœur, dissipé son ennui de la vie. Ah! pensa-t-il, et c'est au port même que je viens essuyer un si cruel orage. Abîmé de nouveau dans des réflexions qu'il voulait chasser loin de lui, il errait bien plus dans les jardins de Saint-Sernin, que dans les bois de l'Amérique, lorsqu'il s'entendit appeler par Lia, qui était à dix pas de lui. Elle venait de visiter un des nègres que l'on lui avait dit être plus mal qu'il n'était en effet. Elle

avait rassuré sa femme, appaisé les
pleurs de ses enfans, et laissé pour
le malade quelques petites douceurs
qu'elle avait apportées; on la bénissait encore dans la famille noire, lorsque déjà elle était près de Saint-Victor. Il lui offrit son bras, et bientôt
exprima, avec une vivacité qu'elle
n'avait jamais remarquée en lui, le
désir d'être promptement uni à elle.
Il le faut, Lia, répétait-il avec trouble; votre époux ne peut être qu'heureux, et j'ai besoin de le devenir.
Lia baissait les yeux, ne répondait
rien; mais son touchant embarras renfermait sûrement plus d'amour que
le bouillant transport de St.-Victor.
Ils erraient çà et là sans intention,
et s'enfonçaient sous l'épais feuillage
des bois, lorsque le hasard les conduisit près de l'enceinte où reposait
Henri. L'aspect mélancolique de ce
lieu

lieu agissait déjà sur l'âme de Théodore; il approche, et lit cette ins-
cription : *Il aima Mélanie.* Grand
Dieu ! s'écria-t-il, est-ce encore une
victime de cette dangereuse beauté ?
— Ami Saint-Victor, parle avec davantage de respect, reprend Lia,
d'une des plus dignes femmes qui
existent sur la terre. A peine frappé
du ton solennel de Lia; et, bizarreries
du cœur humain ! dévoré de jalousie,
Théodore, dans le plus grand désor-
dre, demanda enfin qui avait osé
tracer ces mots ? — Ma main, par la
dernière volonté d'un homme dont
les remords et la fin interdisent toutes réflexions sur sa vie. — Henri ?
le monstre ! — Tais-toi, dit vivement
Lia, et entraînant Théodore, tu pro-
fanes cet asile ; ce sont des prières et
nom des imprécations qu'il faut aux
cendres du criminel repentant. Théo-

3.   7

-dore, en proie aux plus fortes émotions, la suivait; elle s'assied, le fait
placer à ses côtés, près de la tombe
d'Henri. Dans le monde où tu as
toujours vécu, ami Saint-Victor, lui
dit-elle, on juge facilement sur les
apparences, je le vois; on y accuse, tes
discours me le prouvent, l'innocente
Mélanie : on n'a jamais démêlé dans
sa conduite, continua-t-elle avec plus
de force, un dévouement sublime.
Sais-tu bien que Mélanie adorait depuis l'enfance un être comblé, ainsi
qu'elle, de tous les dons de la nature,
réunis à ceux de la naissance et de la
fortune; que ce fut pour sauver de
l'échafaud son aïeule, une seconde
Josepha ; que Mélanie, arrachée à
ses chers et premiers sermens, suivit
à l'autel un homme que l'excès de
son amour pour elle rendit coupable.
Le sacrifice s'accomplit ; mais l'infor-

tunée Mélanie succomba, dès le même jour, à ses vives douleurs. Trois mois entiers elle fut dans un affreux danger, la plus mortelle langueur lui succéda; tu en vois encore l'empreinte sur ses traits charmans. Celui dont elle était obligée de partager le sort, la conduisit dans ma patrie. Oh! avec quel tendre intérêt je l'ai connue! avec quelles angoisses ne l'ai-je pas pleurée morte! car une profonde léthargie nous le persuada quelques instans. Cette erreur coûta la vie à Henri; il ne put supporter l'idée de lui survivre, il termina lui-même une carrière que les succès du crime n'avaient pas rendu heureuse. La généreuse Mélanie plaignit sa destinée, que de nouveaux détails te feront connaître. Ils sont plus terribles qu'on ne peut l'exprimer; et sais-tu de qui j'ai appris ces particularités? d'Henri

7 *

lui-même ; d'Henri qui la tourmentait sans cesse, voyant bien que toutes ses pensées étaient à ce Théodore qu'elle avait si constamment aimé.

Il est impossible de dépeindre la chaleur, la vivacité avec laquelle Lia réhabilitait son amie ; les plus vives émotions agitaient l'âme de Théodore ; mais il ne doutait pas ; oh ! non, Mélanie était redevenue à ses yeux l'être angélique qu'il avait autrefois si bien apprécié. Combien Lia augmenta son amertume, en ajoutant : Depuis qu'elle est libre, comme son cœur, ses lèvres se dédommagent de la contrainte qu'elle a long-tems éprouvée ; avec quel délice elle répète sans cesse le nom de Théodore ; que ses espérances sont vives de le retrouver un jour fidèle !

Ah, Dieu ! s'écria enfin Théodore, Mélanie est innocente ; celle qu'on avait soupçonné d'être si cruellement tombée, est digne du plus haut degré d'admiration ; et c'est vous, Lia, qui me l'apprenez. Permettez-moi de vous quitter, et d'aller trouver Saint-Elme ; il vole vers ce dernier, et l'attendrit par son récit.

Théodore ne voyait plus rien sur la terre que Mélanie innocente ; Lia lui en était devenue plus chère pour le lui avoir appris. Saint-Elme l'écoutait avec étonnement, sa situation étant plus qu'embarrassante. Mon ami, lui dit-il, cela est parfaitement prouvé, les femmes valent mieux que nous ; Mélanie t'a sacrifié uniquement à l'existence de sa seconde mère ; mais elle dévouait la sienne à te pleurer sans cesse. Toi, d'abord désolé, tu arrives dans ces forêts ; la plus belle, la plus douce des jeunes filles, à la vérité, se présente, et tu engages ton

cœur et ta foi. Théodore rougit, l'espèce de plaisanterie de Saint - Elme
étant un juste reproche. Peut-être
pourrai-je sortir de tout ceci assez
gaîment, continua M. de St.-Elme ;
mais je te prédis que tu te désespére-
ras ainsi que ces deux charmantes
femmes. Ma pauvre cousine, ajouta-
t-il, qu'elle est intéressante ! que j'ai
été hier soir ridicule, injuste ! si elle
veut m'aimer un peu, je l'épouse.

Saint-Elme ! dit assez sérieusement
Théodore. — Oh ! la chose n'est pas
faite ; je pense même qu'elle ne sera
jamais, et que son premier, son unique amant, la conduira à l'autel :
pour lever toute difficulté , aban-
donne-moi Lia , je l'épouse.

En vérité, tu es fou, dit en soupirant Théodore ; et la gaîté de son
ami ne l'arrachait point à sa situation ,
où se mêlait tant d'amertume et de

charme. Mélanie feignait d'être in-
disposée, et ne voulait pas assister au
repas du matin ; mais Lia la pressa si
fortement, qu'elle ne put se dispenser
de paraître. Elle entra , tremblante,
dans la pièce où Théodore , les bras
croisés sur sa poitrine, ne répondait
plus rien aux plaisanteries de Saint-
Elme. Celui-ci s'avança vers elle : Ma
belle cousine, lui dit-il, votre rencontre parut hier un bonheur si sur-
naturel, que nous pensâmes d'abord
que c'était quelque divinité moins
pure que vous, qui s'était revêtue de
votre charmante enveloppe : aujour-
d'hui nous avons des preuves de votre
identité ; recevez donc les assurances
de notre tendre affection, de notre
plus haute estime. Un regard de
Théodore se joignit aux protestations
de M. de Saint-Elme ; il fut la plus
douce consolation, l'unique peut-être

que Mélanie eût goûtée depuis long-
tems ; elle tendit sa main à son cousin , et fut s'asseoir près de Josepha.
Théodore était en face d'elle. Avec
quel touchant intérêt il contemplait
sa beauté altérée par les larmes qu'il
avait fait répandre ; l'éclatante fraîcheur de Lia était bien moins sédui-
sante à ses yeux. Lia le fit placer entr'elles deux. Les chagrins que sa
situation pourrait faire naître un jour,
s'effacèrent dans ce moment ; il ne
sentit que le plaisir d'être auprès des
deux femmes qui lui étaient les plus
chères. Mélanie jouissait aussi, sans
réflexion , du bonheur de le revoir
pour elle bien différent de ce qu'il
était la veille.

Lia était heureuse , enfin. Ce déjeuner fut charmant ; on le prolongea. Josepha porta un toast aux amours
de Saint-Victor. Il répondit en trem-

blant. Là se termina la passagère gaîté de Mélanie et de Théodore. Lia, habituée l'année précédente à être accompagnée de Saint-Victor, dans ses courses matinales, s'empara de son bras, et lui dit : Ami, viens avec moi voir le pauvre Gui, je lui ai promis une seconde visite.

Il était doux de suivre Lia ; mais quitter Mélanie, la tourmenter ainsi à chaque instant ! Oh ! que deviendra tout ceci, pensait Théodore. M. de Saint-Elme resta avec Mélanie et Josepha ; celle-ci fut surprise des judicieuses observations qu'il avait faites dans ses courses rapides sur différens points de l'Amérique septentrionale. Après un assez long entretien, où sa cousine elle-même était étonnée de tant de sagacité réunie à une si grande légèreté, Josepha les invita à aller s'entretenir d'objets plus familiers, plus agréables pour eux, et ils se retirèrent dans la chambre de Mélanie. Si dans les tems de bonheur qui ont disparu pour nous, lui dit affectueusement M. de Saint-Elme, j'ai eu quelques droits à votre confiance, à votre amitié, combien à cette époque d'infortune et de proscription ne doivent-ils pas s'augmenter entre nous; faites-moi donc espérer que vous agréerez toutes les preuves du dévouement le plus absolu. Je connais vos malheurs, ajouta-t-il d'un ton attendri, je sais que vous êtes une des plus héroïques, des plus touchantes victimes de notre révolution.

Qui vous a appris ces détails? dit Mélanie. — Lia, avec le plus louable enthousiasme, les a communiqués ce matin à Théodore, qui, dans la profonde émotion de son cœur, est venu me les apprendre. — O Lia ! amie parfaite ! s'écria Mélanie. — Théodore était digne de l'entendre, glissa doucement M. de Saint-Elme ; si vous aviez été témoin des transports de ce cœur si passionné encore pour le premier objet qu'il adora , et que d'affreux , d'injustes soupçons ont pu seul ouvrir à d'autres affec-tions.

Ne nommez jamais Théodore , dit en soupirant Mélanie , je ne dois plus voir , je ne verrai plus dans votre ami , que Saint-Victor , l'époux de Lia, de celle pour le bonheur de qui je ferai sans cesse des vœux , dût le mien y être sacrifié. — Mais , croyez-vous, observa Saint-Elme, que Lia attache uniquement le sien à son union avec Théodore ? cette âme qui paraît si paisible ne pourrait-elle apprendre sans trouble que Mélanie a des droits sacrés sur son amant ?

N'en doutez pas , répondit vive-ment Mélanie. O Dieu ! n'altérez ja-

mais son repos par cette fatale décou-
verte ; je fuirais à l'instant aux extrémités de la terre. Quelle récompense
offrirai-je à son hospitalité, à ses soins
si tendres ! ne m'aurait-elle conservé
la vie que pour dévouer la sienne aux
regrets ! De grâce, ne nous arrêtons
plus sur de semblables objets , et
faites-moi l'amitié, mon cousin, de
m'instruire de ce qui vous est arrivé
depuis l'instant où vous quittâtes la
France. Hélas ! mon histoire est
celle de plusieurs milliers de Français, reprit M. de Saint-Elme ; j'ai
abandonné mon pays avec les idées
les plus chevaleresques : je voulais me
battre et non intriguer : je fus dupe,
victime de cette pure loyauté. Alors
je renonçai au tumulte des camps, à
l'éclat des cours, et je formai le projet
de voyager quelques années. Mon
père , un des héros qui avaient as-

suré l'indépendance de l'Amérique,
m'avait appris dès mon enfance,
à estimer ce peuple intéressant.
Je l'approuvai fort de s'être con-
duit comme il l'avait fait, quoique je me sois dévoué à une cause
totalement contraire en apparence.
Je me rendis donc à Hambourg dans
l'intention de m'embarquer ; ce fut
dans cette ville que je rencontrai M.
et madame d'Albeuil. — Ah ! s'écria
douloureusement Mélanie, que pen-
sent-ils de moi, ces dignes objets de
ma vénération, de ma tendresse ? —
M. d'Albeuil, ma belle cousine, vous
cite fréquemment comme la plus aimable des femmes : Mme. d'Albeuil
prononce toujours le nom de Mélanie
avec attendrissement; elle vous regrette, vous pleure par amour pour
vous-même, ensuite pour son fils,
qui dit : Elle ne recouvrera jamais le

bonheur, ayant perdu Mélanie.—Elle
peut se livrer maintenant à de plus
douces espérances, elle doit savoir que
Lia.... — Qui peut remplacer mademoiselle de Rostange dans le cœur de
d'Albeuil? reprit vivement M. de St.-
Elme. — Au nom du ciel, ne me pré-
sentez plus de pareilles chimères, et
revenons à ce qui vous concerne.—
Je m'arrêtai donc quelque tems à
Hambourg, les vertus de vos amis,
l'importance ridicule du chevalier
d'Albeuil, les coquetteries de madame d'Orbesson, l'imitation plai-
sante de cette pauvre comtesse Arsenne; tout cela formait un ensemble
qui m'intéressait et m'amusait singu-
lièrement. Enfin, je me déterminai
à réaliser mes projets. J'ai presque la
certitude, me dit la mère de Théodore, que vous allez trouver mon fils
en Amérique; souvent il m'a entendu

dire que ce serait la seule nation que
j'adopterais, si ma patrie me repous-
sait de son sein, et cet indice l'aura
guidé ; mais différentes considérations
très-puissantes me retiennent en Europe. Puisse Théodore , continua
madame d'Albeuil, effacer de cruels
souvenirs ! qu'il vole dans les bras
maternels, la nature ainsi que l'amitié lui offrent des consolations vraies.
Une femme charmante, la princesse
Roberska , s'intéresse toujours à sa
destinée ; qu'il vienne avec nous regretter les brillantes et douces espérances de sa jeunesse ; il sentira moins
d'amertume que parmi de froids
étrangers. — Que vous répondit votre
ami, demanda Mélanie, lorsque vous
lui parlâtes de la princesse Roberska ?
Sans doute il la sacrifia à Lia sans ba-
lancer. — Je ne sais pas bien si c'est
précisément à Lia, car voici sa ré-

ponse : « Madame Roberska est un des
plus parfaits ornemens de son sexe,
mais sa situation, son éclat me rap-
pelleraient trop souvent celle qu'il
faut s'efforcer d'oublier ; Lia, au contraire, me crée une nouvelle existence ; puisse-t-elle jeter un voile
épais sur le passé. » Alors, ajouta St.-
Elme, Théodore ignorait que Mélanie n'avait jamais été plus digne de ses
adorations. — Vous arrivâtes en Amérique. — Oui, et ce fut sur les bords
de la Susquehannah que je rencontrai ce pieux Enée cherchant partout
ses parens ; je lui en donnai des nouvelles positives, avec beaucoup d'intérêt ; il me parla de Lia, mais je
n'apercevais pas en lui le désir brûlant
de la rejoindre. Il m'accompagna
dans mes différentes courses, et me
proposa de venir me reposer quelques instans dans cette famille. J'ac-

ceptai. Que je m'en félicite ! Vous
avoir retrouvée, espérer vous être de
quelque utilité, voilà ce que mes
voyages me présentent de plus intéressant. Mélanie le remercia avec
une véritable effusion, lui promit de
profiter incessamment de ses offres
de service. Elle était décidée à souffrir quelque tems encore sa cruelle et
embarrassante situation, puis à re-
passer en Europe, pour revoir encore une fois la mère de Théodore ;
ensuite se consacrer à la retraite.
Les idées religieuses naissent si souvent d'une passion malheureuse, qu'il
n'est pas étonnant que l'âme de Mélanie y cherchât un réfuge. Elle le fit
entendre à M. de Saint-Elme, qui
s'attendrit sur une pareille destinée,
dont l'aurore avait été si différente.
Lia vint interrompre cette conversation ; elle était un peu abattue, Saint-

3.   8

Victor était si agité, si distrait! A-t-il quelque surcroît de peine? demanda-t-elle à Saint-Elme. Alors, si c'est possible, je m'efforcerai de l'aimer davantage, et peut-être ma tendresse le consolera-t-elle encore. Amie Mélanie, dissipe aussi ta mélancolie; quel bonheur puis-je éprouver lorsque tout le monde souffre autour de moi? Tu aimes, ajouta-t-elle, les environs de la chute d'eau; cette masse de rochers, ces saules t'offrent un ensemble qui te plaît; c'était aussi là que Saint-Victor venait souvent avec moi. Allons-y ce soir, tous ensemble, tu y chanteras comme cela t'est arrivé la dernière fois, une touchante romance, une brillante ariette, dans cette langue si douce que tu prononces avec tant de charme; la voix de mon Victor est mélodieuse; aussi, elle s'unira à la tienne; il me

semble que la puissance d'une telle
harmonie, doit dissiper vos tristesses
profondes. Mélanie ne répondit rien.
Ah! nuls prestiges ne pouvaient plus
charmer ses douleurs ; il y avait peu
de jours une lueur d'espérance était
encore au fond de son cœur, et
maintenant tout était anéanti. Le dîner
fut beaucoup moins gai que n'avait
été le déjeuner : Lia proposa une
promenade à la chute d'eau, sa mère
l'appuya ; on fut obligé d'accepter :
ce fut avec contrainte qu'on la commença peut-être ; insensiblement ce
lieu romantique produisit son effet
habituel ; une plus douce mélancolie
remplaça pour quelques instans les
sentimens déchirans : Lia se plaça entre Théodore et Mélanie, M. de St.-
Elme à leurs pieds ; la première pria
bientôt son amie de lui répéter cette
romance si connue : *Vivre loin de*

*ses amours, n'est-ce pas mourir tous
les jours ?* Mélanie refusait : Ah ! lui
dit tout bas M. de Saint-Elme, elle
n'est plus de situation : elle rougit et
céda à la fin au désir de Lia. Sa faible
santé avait altéré sa voix, jadis d'une
éclatante beauté ; maintenant ses accens un peu voilés n'en étaient que
plus touchans ; elle eût ému le cœur
le plus farouche. L'on conçoit l'impression qu'elle causa sur celui de
Théodore ; il osa lui rappeler un duo
italien qu'ils avaient chanté souvent
ensemble, dernière circonstance, par
exemple, dont il ne fit pas mention,
mais que Mélanie n'avait pas oubliée
non plus. Elle hésitait ; mais elle pensa
que l'empire de Lia était trop assuré
pour être affaibli par la puissance d'anciens souvenirs. Elle consentit donc,
et ils commencèrent un des plus beaux
duo de *Cimarosa.* Jamais peut-être

ils ne l'avaient si bien chanté ; Lia et
Saint-Elme n'osaient respirer, dans la
crainte de perdre des sons si purs et
si doux ; Derik, qui pêchait dans le
ruisseau voisin, avait posé sa ligne ;
ses deux enfans suspendu leurs jeux
bruyans ; la nature semblait partager
ce sentiment d'admiration, par le
profond silence qui s'étendait au-loin.
Théodore ravi, entraîné, croyant
que Mélanie seule produisait ces effets enchanteurs, lorsqu'il eut fini,
se précipita sur sa main avec un mouvement tellement passionné, que les
joues de Lia se couvrirent d'une
teinte plus animée ; Mélanie avec précipitation, en s'efforçant de sourire,
dit : Vous êtes toujours enthousiaste
de musique, monsieur Saint-Victor.
—Pourquoi, Saint-Victor ? lui répondit-il à voix basse ? ah ! toujours,

Théodore. Mélanie lui lança un regard sévère, et se levant, prit le bras de M. de Saint-Elme ; Lia et Théodore les suivirent. Ma recette a réussi, dit celle-ci, l'amie Mélanie et toi, Saint-Victor, avez été agréablement distraits quelques instans. — Votre précieuse sensibilité, Lia, sait si bien distinguer ce qui convient aux cœurs affligés. — Que les Européennes sont heureuses de posséder des talens, qui dans vos salons, comme dans nos plus profondes retraites, procurent de vives et réelles jouissances ! — Ne pensez pas, Lia, que les chef-d'œuvres de la nature et de l'éducation soient si fréquens dans nos contrées ; non les Mélanie y sont rares : ô Lia ! si vous l'aviez vue florissante de jeunesse, de santé et de bonheur, exciter le plaisir partout où elle se montrait, développer ses beaux bras au piano ou sur la harpe, y joindre l'accompagnement céleste de sa voix; ensuite, avec la légèreté d'une des grâces, se livrer à l'exercice charmant de la danse, exceller de même dans un art le plus noble, le plus réel de tous, car ses habiles pinceaux peignaient alternativement et des traits chéris, et les belles contrées où elle vivait. Vous connaissez ses vertus, sa douce humeur; Lia est trop parfaite pour connaître l'envie, elle répétera donc avec moi que les Mélanie sont rares. — Oui, la jeune Américaine était trop *parfaite pour connaître l'envie*. Que de fois elle avait vanté avec enthousiasme sa chère Mélanie; mais la chaleur passionnée de Saint-Victor oppressa son cœur; une sensation qui lui était inconnue jusqu'alors

s'y fit ressentir : elle trembla que Saint-
Victor, étant de cette nation dont elle
avait entendu citer la légèreté, n'en
fût atteint lui-même. Elle se rappela
combien il avait été idolâtre de cette
femme, qui lui avait causé tant de
peines. Mélanie aujourd'hui paraissait faire une vive impression sur lui.
Elle avait sans doute plus d'indulgence pour les sentimens dont elle
était l'objet ; mais elle s'alarmait de
cette facilité à s'exhalter pour des
objets nouveaux. L'inconstance s'é-
tend à tout, et déjà Lia craignait de
voir dédaigner un jour ses bois
paisibles , sa simple existence. Elle
tomba dans une pénible rêverie ; une
larme s'échappa de ses yeux. Ce
reproche indirect , si tendre et si
doux , retomba sur le cœur de Théodore. Ah ! pouvait-il faire verser des
pleurs

pleurs à celle qui avait essuyé les siennes.

Lia, lui dit-il avec vérité, ne regrettez jamais les brillans talens des femmes d'Europe, car celui qui aura le bonheur de passer sa vie près de vous, trouvera dans votre âme et votre personne, tout ce qui peut charmer le goût le plus délicat.

Ami St.-Victor, parles-tu sincèrement? Je pourrais peut-être supporter ton inconstance, mais jamais la douleur de te voir malheureux à mes côtés. — Théodore la pressa contre son sein, en l'appelant aimable et généreuse créature.

Saint-Elme et Mélanie, qui marchaient à quelque distance d'eux, se retournèrent par hasard, et virent l'action de Théodore. — Non! s'écria Mélanie avec véhémence, non, je ne pourrai vivre longtems ici. — Saint-

3. 9

Elme feignit de ne l'avoir pas entendue, et bientôt amena la conversation
sur la maréchale de ***, sa tante, et
parente de Mélanie, qui s'était retirée
en Espagne. Il ajouta, que persistant
à quitter l'Amérique, ce serait un
parti fort sage d'aller rejoindre cette
femme respectable.—Oui, sans doute,
une résolution à peu près semblable
dans les momens de raison, conve-
nait à Mélanie ; mais aussi elle sentait
quelquefois l'impossibilité de mettre
des mers immenses entr'elle et Théodore : alors elle formait le désir de
passer le reste de sa languissante vie,
non pas à côté de son ancien amant,
mais au moins dans les mêmes climats,
et elle eût préféré la plus misérable
peuplade d'Indiens au plus beau lieu
de la France : elle était sombre,
agitée.

Lia éprouvait par instans de mélan-

coliques pressentimens ; l'arrivée tant
désirée de Saint-Victor avait entièrement troublé cet asile de paix, et M. de
Saint-Elme pensait qu'une violente
crise pouvait seule la rétablir.

———————

~~~~~~~~~~~~~~~~~~~~

CHAPITRE XXIX.

Mélanie réfléchit toute la nuit à son étrange situation. Les rayons de la lune donnant sur Lia, dont le lit était près de celui de son amie, celle-ci remarqua que de fréquens soupirs s'échappaient de son sein ; son visage conservait ce calme céleste qui faisait son plus bel ornement ; mais une larme coulait sur ses joues. Ah! s'écria Mélanie, chère et aimable Lia! quelques songes viennent-ils vous avertir que ma présence ici peut nuire à votre bonheur! mais dormez en paix, votre fatale amie s'éloignera bientôt. Véritablement elle se décida à prier, le matin même, M. de Saint-Elme de l'accompagner aux eaux de

Lebanon (1), que son docteur hollandais lui avait conseillées il y avait quelque tems ; et tandis que Lïa était près de sa mère, elle dit à Marie d'engager M. de Saint-Elme à venir lui parler sous le grand hiccory. Comme elle s'y rendait, Théodore l'aperçut, et courut à elle. Mélanie voulut fuir, mais il l'arrêta : Un mot, un seul mot, lui criait-il. — Laissez-moi, je n'ai rien à entendre, dit-elle d'abord ; mais bientôt, cessant de vouloir le quitter, elle lui dit : Eh bien ! j'y consens, un instant...... le dernier. —Le dernier, hélas ! ô Mélanie ! que nous sommes malheureux.—Grâce au ciel, je le suis seule, répondit-elle avec un douloureux sourire ; l'époux de Lia jouira du destin le plus doux. — Qui

_____

(1) Près Albany, dans l'Etat de New-Yorck.

plus que moi l'honore et l'admire ,
cette intéressante Lia ! mais pour jouir
de *ce destin si doux* , il fallait que ma
cruelle illusion se prolongeât, il ne
fallait pas revoir Mélanie innocente....
Erreur irréparable ! comme j'en suis
puni ! Que deviendrez-vous , chère ,
toujours chère Mélanie ? Mais Lia ne
recevra-t-elle pas de vos nouvelles ?
Songez bien que je me livrerais à de
cruelles extrémités , si jamais le nom
de Mélanie ne venait frapper mes
oreilles ; rappelez-vous que la nature,
l'amour, nous destinèrent l'un à l'autre, et si des événemens affreux nous
séparèrent, ah ! que du moins un
tendre souvenir soit notre dernier
lien , et quelquefois daignez m'en
donner l'assurance. — Oui, répondit
Mélanie, n'importe où je serai, je
m'informerai de vous avec intérêt ;
et puissé-je apprendre que vous ré-

pandez un parfait bonheur sur les jours de Lia, alors je pourrai vous assurer de mon estime, de mon amitié. Adieu, Saint-Victor, adieu. — Ah ! je ne pourrai supporter le dernier.

Mélanie s'éloigna et versa des larmes en abondance. M. de Saint-Elme la trouva quelques instans après. Vous pleurez, lui dit-il, et je laisse Théodore dans un état affreux.

Mélanie lui demanda si elle pouvait compter sur lui pour l'accompagner sous peu de jours aux eaux de Lebanon; dans ce moment elle éprouvait trop de trouble et d'anxiété pour prendre un parti décisif ; mais de cette destination elle réglerait son sort, puisque le ciel, ajouta-t-elle avec désespoir, la condamnait à souffrir long-tems.

Le même jour, elle annonça son

voyage pour la fin de la semaine.
Josepha se récria : Comment, amie
Mélanie, l'air pur de nos bois, nos
soins empressés, la certitude que tu
es nécessaire à notre bonheur, ne
sont-ils pas d'excellens cordiaux ?
Elle veut nous fuir pour toujours,
dit douloureusement Lia. Mélanie
rougit, balbutia faiblement que non.
Théodore pâlit. O ami Saint-Victor!
dit la première en se levant, et l'entraînant près de Mélanie, que nos
bras la retiennent; et elle forma un cer-
cle de ceux de Théodore et des siens,
dont Mélanie se trouva entourée.
Celle-ci posa sa tête sur l'épaule de
la jeune Américaine : Ah! dit-elle,
mon cœur restera ici.

Les préparatifs du voyage se faisaient dans vingt-quatre heures,
Théodore et Mélanie allaient être séparés; elle l'avait évité avec tant de

soin, qu'il n'avait pu lui dire un mot
en particulier, quelque violent désir
qu'il en eût; et lorsque la bouche de
Saint-Elme prononçait le nom de
Théodore, la main de Mélanie la lui
fermait.

La veille de son départ, il semblait
qu'elle et Théodore eussent reçu leur
arrêt de mort, tant ils étaient sombres et défaits. Josepha pleurait l'aimable compagne de sa fille, qui se
livrait aux plus vifs regrets. Au moment de la séparation, Mélanie tomba
aux genoux de Josepha : Bénissezmoi, lui dit-elle; ajoutez ce don précieux aux bontés dont vous m'avez
comblée, ô la meilleure des femmes!
digne mère de Lia, et ne considérez
jamais ce prompt éloignement comme
un trait d'ingratitude.

On lui donna cette bénédiction,
qui semblait adressée à une fille ché-

rie. Amie Mélanie , ajouta ensuite
Josepha, puisses-tu être dédommagée
du tems d'épreuve que tu as si glo-
rieusement supporté ; considère toujours ce modeste asile comme la maison maternelle ; l'étranger ne s'empa-
rera jamais de ta place , et chaque
jour, pour nous consoler de ton absence, nous dirons, l'amie Mélanie
reviendra l'occuper.—Mélanie ,en se
relevant, serra Lia dans ses bras avec
une véritable tendresse ; rendez-la
heureuse, dit-elle à Théodore. Celui-ci, debout, la considérant sans
mot dire, paraissait anéanti : Saint-
Victor, continua Mélanie , adieu....
Effrayée de son silence, elle ajouta :
Mon ami, répondez-moi. Il porta
simplement la main sur son cœur,
comme pour exprimer ses profondes
angoisses, qui se peignaient si bien
dans tous ses traits, que Mélanie ,

hors d'elle-même, s'écria : Répondez-
moi, Théodore ; et elle tomba évanouie dans ses bras. Les plus actifs
secours furent long-tems inutiles ; en
rouvrant les yeux, elle ne vit plus
Théodore, Lia, ni Saint-Elme ; Josepha seule était près d'elle, avec la
bonne Marie. La première compre-
nait peu de chose à ce qui venait de
se passer, n'entendant pas le français.
Lia ! où est Lia ? demanda Mélanie.
Me regarde-t-elle comme un objet
d'horreur ? ne peut-elle supporter ma
vue ? Dans cet instant, Lia reparut ;
la céleste harmonie de ses traits n'était
pas troublée ; sa voix seule était un
peu oppressée.

Amie Mélanie, lui dit-elle, tu vois
bien que ta santé est trop faible pour
songer à nous quitter ; renonce à ce
projet pour quelque tems encore, je
t'en conjure ; j'ose dire que je l'exige.

Mélanie, confondue, ne répliqua
rien.—Abandonne-toi à moi avec confiance, continua Lia ; comme je souffre
un peu, que j'ai besoin de repos,
Marie te veillera cette nuit ; ne m'en
veux pas de ne point remplir un soin
qui m'a toujours été si précieux. En
disant cela, elle présenta sa main à
Mélanie, qui commença à espérer
que le nom de Théodore n'avait pas
été entendu ; bientôt elle se le persuada tout à fait, et protesta de nouveau de la nécessité de partir. Lia ne
l'écoutait plus, et donnait des ordres
à Marie. Va, amie Mélanie, va, et
dors en paix, finit-elle par dire à
celle-ci.

Mélanie se retira chez elle, et en-
voya chercher M. de Saint-Elme, qui
ne se trouva pas. Ah ! pensa-t-elle, si
Lia m'a devinée, quelle cruauté à
elle de m'infliger la punition de rester

ici. Le lendemain matin, Lia entra
chez elle. Tu consentiras sans doute
volontiers, lui dit-elle, à prolonger
ton séjour ici , puisque cela rend
service à ma mère et à moi. Une af-
faire imprévue m'oblige de me rendre à la ville, remplace Lia ; c'est à
tes soins seuls que j'ose confier ma
mère. Mélanie effectivement ne pouvait refuser un tel emploi ; et en donnant son consentement à Lia, elle
observa que sûrement elle ne parti-
rait pas seule, et que Saint - Victor
l'accompagnerait. Oh! non, reprit
Lia, avec un soupir qui n'échappa
point à Mélanie ; mais aussitôt chan-
geant de conversation, elle lui dé-
tailla les différentes fonctions dont
elle la chargeait, notamment d'aller
visiter le pauvre Guy.... Elle entendit
le pas des chevaux qui devaient l'emmener ; une vive altération se peignit

sur ses traits ; elle s'assit, se sentant tremblante ; mais se relevant bientôt, elle embrassa Mélanie, et sortit.

Mélanie passa promptement une robe, courut vers elle, et la trouva entre sa mère et Théodore, qui pressait sa main sur son cœur d'un air attendri. Pars, ma digne Lia, lui disait Josepha ; hâte-toi aussi de revenir, car tu sais bien que je ne puis me passer du doux enfant de ma vieillesse, qui ne me fut jamais plus précieux, plus cher que dans cet instant-ci. Lia répondit par des larmes ; la tendresse de sa mère les excitait, disait-elle ; enfin elle s'arracha des bras maternels, et partit. Théodore et Saint-Elme voulaient la suivre quelques pas au moins ; elle ne le voulut point, et Derik fut son unique guide.

Mélanie vint rejoindre Josepha,

et remplaça véritablement Lia. Elle
s'efforçait même de vaincre sa tristesse, afin de la distraire agréablement. Théodore et Saint-Elme semblaient aussi offrir un hommage à
Lia absente, en s'occupant constamment de sa mère, qui n'était jamais
seule une minute. Théodore et Mélanie, en la voyant ainsi entre eux,
se rappelaient sans doute madame de
Saint-Sernin; mais pas un mot ne
fut applicable à ce souvenir; ils étaient
de la plus grande circonspection.
Mélanie continuait de penser, avec
une sorte de satisfaction, que Lia
n'avait point entendu le nom de
Théodore, qui lui était échappé, et
son cœur généreux en était plus à
son aise; son erreur ne tarda pas à se
dissiper. Vers le soir, elle proposa à
M. de Saint-Elme de venir avec elle
visiter les travaux de la journée, ainsi

que faisait Lia. Nous vous laissons avec votre fils, dit Mélanie timidement à Josepha, en montrant Théodore ; elle sortit alors.

O M. de Saint-Elme! continua-t-elle, que la soirée d'hier aurait pu produire de cruels effets, si, lorsque dans mon funeste délire, il m'échappa de nommer *Théodore*, Lia l'avait remarqué ; de quelle perfidie ne pourrait-on pas m'accuser ; et cependant, le ciel en est témoin, j'ai cru devoir ce long silence au bonheur, au repos de Lia. — Et Lia l'interprète ainsi ; elle sait tout.—Oh ! mon Dieu ! s'écria Mélanie avec un trouble extrême, et depuis elle m'a pressée contre son cœur ; ses expressions n'ont pas cessé d'être douces, affectueuses. Ah ! Lia, tu es supérieure à ton sexe ; ton âme toute céleste ne possède rien d'humain. — Ma belle cousine, permettez-

moi d'être l'éditeur de votre étonnante histoire ; on m'attribuera le
mérite de l'invention ; jamais on ne
soupçonnera qu'il ait existé véritablement deux rivales aussi généreuses,
aussi délicates que Mélanie et Lia. —
Et vous l'avez laissée partir sans me
prévenir que la plus exacte franchise
pouvait seule m'excuser auprès d'elle.
Je lui eusse dit, je lui eusse répété
tout ce qui aurait pu la rassurer. Dans
mon enthousiaste amitié, je l'aurais
persuadée que le sentiment de son
bonheur contre-balançait tous mes
maux. Ah ! puisque le sort a voulu
me séparer de Théodore, n'est-ce pas
une faveur inouïe pour tous les deux,
de trouver une Lia entre lui et moi.
— Charmantes femmes ! le rôle de
confident est encore d'un bien puissant intérêt avec vous ; apprenez
donc qu'hier soir, au moment où vous

3.   10

vous écriâtes : Théodore, Lia, aussitôt
après vous avoir confié aux soins de
cette Marie, entraîna d'Albeuil ; je les
suivis. Je les trouvai à cette même place ; Lia était en proie aux sentimens les
plus tumultueux. *L'âme toute céleste avait quelque chose d'humain.*
Dans cet instant, elle pleurait, accu-
sait lui, vous, toute la terre. Théodore était confondu. Je m'adressai à
Lia ; je rappelai succinctement vos
rapports anciens avec Théodore, votre délicatesse mutuelle à vous fuir,
votre départ ; enfin je dissipai l'orage
violent qui bouleversait Lia. — Je te
remercie de m'avoir éclairée, me
dit-elle ; je viens d'être bien injuste.
Ami Théodore, continua-t-elle en se
tournant vers lui avec sa noble simplicité, tu es libre ; les droits de Mélanie sont bien plus sacrés que les
miens. Quelle était touchante et belle

en cet instant ! Elle pleurait ; Théodore se jeta à ses pieds, et lui dit que
ni vous ni lui ne reconnaîtriez jamais
une semblable liberté. Il vous apprécia, Mélanie ; il vous unit dans ses
intentions, et déclara formellement
qu'il appartenait à Lia, ou à un éternel veuvage. — Séparons-nous, répondit Lia ; nous sommes tous trop
agités pour former aucune résolution ;
mais quelle que soit la suite de cet
événement, mon cœur jouit d'une
grande consolation ; mes amis les plus
chers se dévouaient et ne me trom-
paient point ; elle nous quitta alors.

Pour Théodore, la violente douleur de Lia l'avait profondément af-
fecté, et votre état, Mélanie, frap-
pait des cordes plus sensibles encore.
Voulant rentrer , j'aperçus sous la
touffe d'acacias que vous voyez ici
près, notre jeune amie à genoux, li-

vrée à une profonde méditation. Je me retirai le plus doucement possible, afin de ne pas la troubler. Bientôt elle vint me rejoindre, ses larmes étaient taries, une extrême sécurité régnait dans toute sa personne.

Je prévois que j'aurai à faire un voyage, me dit-elle, donne-moi ta parole, ami Saint-Elme, que tu retiendras Mélanie jusqu'à mon retour; console-la, rends-la accessible à l'espérance du bonheur : elle ne m'en a pas confié davantage.

Mélanie admirait la conduite de Lia; elle jura de n'avoir jamais à rougir devant elle. Théodore errait presque continuellement dans les bois; un soir il s'arrêta près de la tombe d'Henri. *Il aima Mélanie*, répéta-t-il plusieurs fois. Malheureux Henri! sans toi.... Mais il n'existait plus; outrager sa mémoire était un lâche délire. Il n'acheva pas un inutile reproche, et dit : Mélanie ! le dernier soupir des cœurs qui t'aimèrent dès leur aurore , t'appartiendra toujours. Oh ! oui , il sentait bien à quel excès elle lui était encore chère ; mais il ne serait pas moins l'époux de la tendre et innocente Lia , à qui il avait juré de consacrer sa vie. Eh bien ! si les charmes, les vertus de sa femme , le doux intérêt qu'elle lui inspirait, ne pouvaient adoucir la douleur d'avoir perdu deux fois l'objet de ses premiers amours, il pensait avec une mélancolique jouissance, que les expressions funèbres qu'il avait là devant les yeux, *il aima Mélanie ,* pourraient aussi être gravées sur sa tombe.

Il ne communiquait pas de telles réflexions à M. de Saint-Elme ; la gaîté de ses plaisanteries le déconte-

nançait toujours, et cependant il conservait une vive reconnaissance de la
manière énergique dont il avait expliqué à Lia sa conduite et celle de
Mélanie. M. de Saint-Elme avait été
dans cette circonstance, le plus parfait, peut-être le plus adroit de tous
les amis.

Josepha recevait les soins de Mélanie avec la plus aimable cordialité;
quelquefois, cependant, sans en être
moins affectueuse, elle était préoccu-
pée, et le nom de Lia, mille fois répété entr'elles deux, lui arrachait des
soupirs. Un mystère profond couvrait
ce voyage de Lia. Enfin, le septième
jour, vers midi, des chevaux, des
chaises, s'arrêtèrent à la maison de
Josepha Burd.

Mélanie, entendant la voix de Lia,
court à sa rencontre : elle l'aperçoit
à la tête d'un cortège assez nombreux,

composé de parens, d'amis, et donnant le bras à un jeune homme,
qu'elle présenta à Mélanie, en lui
adressant ces paroles : Amie, accorde
ton affection à Georges Wilson, depuis hier il est l'époux de Lia......
Mélanie se précipite dans ses bras,
en lui disant, avec le plus grand
trouble : O Lia! qu'avez-vous fait?—
Notre bonheur à tous, j'espère, ré-
pond - elle avec un angélique sourire. — Mélanie, tremblante, pouvait
à peine se soutenir ; pas la moindre
espérance ne se présenta à elle dans
cet instant : elle ne songeait qu'au
changement du sort de Lia, et redoutait avec le plus pénible effroi, qu'elle
n'eût fait un de ces sacrifices inspirés
par l'enthousiasme du moment, et
qui dévoue ensuite à un éternel malheur. On entra chez Josepha. Ma Lia!
s'écria son père, en levant les mains

vers le ciel, et Lia et son nouvel
époux tombèrent aux genoux de leur
mère. Mille félicitations se firent entendre de tous côtés : Théodore et
Saint-Elme, arrivant de la chasse en
cet instant, surpris du tumulte, du
mouvement qui régnait autour d'eux,
avançaient précipitamment vers la
maison, lorsque Derik donna à Théodore le billet suivant, écrit depuis
deux jours.

« Je suis appelée à un doux et glo-
» rieux emploi, ami Théodore, celui
» de récompenser l'amour vertueux
» et constant : je détruis l'obstacle
» que ta délicatesse créait entre Mé-
» lanie et toi, en confiant le sort de
» mon bonheur à l'honnête Georges
» Wilson qui m'aime depuis mon en-
» fance.... Noble et tendre Mélanie ;
» bon, aimable Théodore, si vous
» répondez à nos instances pressantes,
» aux

» aux vœux les plus ardens de nos
» cœurs, vous resterez parmi nous.
» L'ami Wilson sait tout, et il vous
» détaillera lui-même toutes les faci-
» lités qu'il peut vous donner pour
» un établissement très-avantageux
» dans ces contrées. Mais, pauvre
» Lia, tu ne t'occupes que de toi, en
» formant de semblables idées, et
» sans doute un jour leur patrie rap-
» pellera tes amis : puisse mon sou-
» venir leur être alors toujours pré-
» sent. Adieu, Théodore, adieu; dans
» quelques heures je ne pourrai plus
» m'attendrir sur de trop chers sou-
» venirs; reçois les larmes que je puis
» encore répandre, elles sont pures
» et douces; va, nulle amertume ne
» se mêle à ma démarche; je ne vou-
» lais que ton bonheur, le ciel t'en-
» voya à moi pour le faire; dans tes
» jours d'affliction, il t'offrit Lia et ses

3.

» déserts, et déjà tu souffrais moins ;
» maintenant je te rends à Mélanie,
» si digne de ton amour. Tu seras
» parfaitement heureux, cette idée
» fera mon éternelle félicité. »

O Saint-Elme ! quel ange ! s'écria
Théodore profondément ému ; ce
Wilson en est-il digne ? appréciera-
t-il ce rare trésor ? Chère Lia ! votre
bonheur ne m'est pas moins nécessaire, que le mien ne l'a été à votre
cœur généreux.

Pourquoi ne m'a-t-elle pas choisi,
dit Saint-Elme avec autant de vérité
que de gaîté ? *pour mériter son cœur,*
pour plaire à ses beaux yeux, je serais devenu le plus rigide Quaker des
Etats-Unis. Ils rentrèrent en cet instant. Lia était assise entre sa mère et
son époux ; elle était si belle, si touchante, que peut-être le regret eût
pénétré l'âme de Théodore, si quel-

ques pas plus loin il n'eût aperçu Mélanie.

Georges Wilson vint à lui avec un air de franchise, le saluer amicalement. Cette première entrevue se passa avec un mélange de dignité et de bonté, parfaitement adapté à la circonstance. Le reste de la journée s'écoula de la même manière.

Mélanie, heureuse pour la première fois depuis si long-tems, prononça sans contrainte le nom de Théodore ; elle accepta son bras, répondit à sa douce pression. O charme de l'amour ! avec quelle facilité vous effacez les douleurs *passées*. Lia remarqua avec plaisir les grâces, la vivacité qui ranimaient son amie, et qui rappelaient mieux encore à Théodore que c'était bien sa Mélanie. Enfin le contentement de Wilson, l'orgueil maternel de Josepha, qui semblait

11 *

dire, Lia est la divinité tutélaire de
ces lieux, n'inspirait que d'heureuses
émotions.

Mélanie désirait trouver l'occasion
de parler en secret à Lia ; elle le lui
témoignait, lorsque celle-ci lui répondit qu'elle partait le même soir
pour la ville, d'où elle devait se rendre sous peu de jours en Pensilvanie,
visiter la famille de sa mère. Tu vois
bien, amie Mélanie, ajouta-t-elle,
que Josepha Burd a encore besoin
long-tems de sa seconde fille. Elle
approuvera tous ces arrangemens, et
c'est elle qui t'apprendra des détails
dont l'épouse de Georges Wilson ne
peut plus s'entretenir.

Ces mots suspendirent la curiosité
de Mélanie. — Une seule question
est-elle permise à la tendre et reconnaissante amitié ? demanda-t-elle. —
Mon cœur la devine ; tu crains que

le sentiment du regret ne m'atteigne un jour; tranquillise-toi, Lia ne peut être heureuse que par le bonheur de ses plus chers amis. Que ce bonheur soit assuré pour toi, pour Théodore, et chaque jour je bénirai le ciel de m'être donnée à Wilson. Ange céleste! s'écria avec enthousiasme Mélanie, tu n'es sur la terre que pour la consolation et la joie des mortels. — Amie Mélanie, tu resteras donc près de ma mère? — O Lia! qui pourrait vous remplacer? mais comptez sur mes soins les plus tendres. — De tous côtés on appelait Lia. La soirée s'avançait, on allait repartir : Lia allait faire, pour la première fois, une absence un peu prolongée de la maison paternelle : elle se sentit fortement oppressée; mais la raison, la délicatesse, exigeait ce dernier sacrifice : il s'exécuta dignement. Josepha

même retint ses larmes, et s'efforça
de ne penser qu'au plaisir qu'allait
répandre sa Lia dans l'honorable famille où elle était désirée depuis si
long-tems.

———

~~~~~~~~~~~~~~~~~~~~~~~~~~~~~~~~~~

CHAPITRE XXX.

Sı la respectable Josepha dissimu-
lait le chagrin que lui causait l'absence de sa fille, tout ce qui l'entourait l'exprimait vivement. Le nom
de Lia était sur toutes les lèvres comme
dans tous les cœurs. La veille, Théodore avait évité un adieu, qui aurait
peut-être décélé et inspiré trop d'é-
motion, et ce fut à Josepha même qu'il
rendit la réponse à la lettre de Lia;
c'est-à-dire, qu'il peignit tous les sentimens d'admiration, de reconnaissance dont il était pénétré pour cette
parfaite créature. Ils avaient jugé
Saint-Elme et lui, qu'ils devaient
s'éloigner aussi pendant quelque
tems, mais la digne mère de Lia les

retint ; restez , amis , leur dit-elle , réu-
nissez-vous à moi pour embellir les
jours de ma fille Mélanie. Cet ordre
fut bien précieux à Théodore ; il écrivit à sa mère dans l'ivresse de sa joie ;
il n'osait encore former aucun plan
pour l'avenir, mais il espérait le bonheur et tournait déjà ses regards vers
la France. Tandis qu'il se livrait à de
flatteuses pensées , Mélanie recueillait
de Josepha tout ce qui avait rapport
à la conduite de Lia , depuis l'instant
où elle avait enfin appris que Saint-
Victor était Théodore d'Albeuil. —
Lia vint me trouver , raconta sa mère,
elle m'avoua que son cœur venait
d'éprouver le plus cruel orage ; hélas !
l'altération de sa figure ne me l'affir-
mait que trop. Saint-Victor ne m'ap-
partient plus , me dit-elle, une fausse
délicatesse l'abuse lorsqu'il veut vaincre sa tendresse pour Mélanie ;

l'amour, le ciel et Lia, ajouta-t-elle avec moins d'abattement, les réunissent aujourd'hui pour la vie; ma liberté seule s'oppose à ce qu'ils jouissent d'un bonheur sans trouble, sans regrets; je dois la leur sacrifier : ô ma mere ! permettez-moi de me rendre à la ville, j'irai trouver Georges Wilson qui m'a tant aimée, à qui, dit-on, je suis chère encore, je lui conterai tout, je lui offrirai ma main, après nous serons tous heureux. En prononçant ces mots, continua Josepha, elle pleurait, sanglottait; j'admirais sa résolution, mais je me méfiais de son courage; il se ranima bientôt : je t'avouerai, amie Mélanie, qu'au fond de mon âme j'avais toujours préféré Georges Wilson. J'acquiesçai donc au noble projet de mon enfant; elle voulut partir le lendemain. J'ai prié sans cesse pour que

le ciel bénît toutes ses démarches ;
il a souri à leur pureté ; elle m'a
juré hier qu'elle n'avait jamais été
plus calme, plus satisfaite, et comme
elle l'a dit, *nous serons tous heureux.*
La voir mariée à un ami, un voisin,
dissipe les inquiétudes qui m'agitaient, car je redoutais qu'après ma
mort, Lia, épouse de Saint-Victor,
ne le suivît en Europe, et je gémis-
sais dans mon orgueil maternel de
voir ma patrie privée des parfums de
cette tendre fleur, qui, peut-être,
sur un sol étranger, n'eût pas été appréciée à sa rare valeur. Les vertus,
les charmes de Lia le seront partout,
s'écria Mélanie. — Vois, dit Josepha,
en montrant une lettre, comme en
parle le flegmatique Jonathan Burd.
— Mélanie lut donc tout haut ce qui
suit :

« Tu sais, chère sœur, comme la

» présence de Lia répand toujours
» l'allégresse parmi nous ; hier soir ,
» lorsqu'elle arriva, nombre des amis
» étaient réunis chez moi ; c'est Lia !
» s'écria ma plus jeune fille, qui l'aper-
» çut la première , nous nous levâmes
» tous, excepté le mélancolique Geor-
» ges Wilson , dont l'émotion se
» manifesta par une faible rougeur.
» Après avoir répondu à notre accueil
» amical , ta fille me montra la lettre
» que tu m'écrivais, par laquelle tu
» m'engageais à souscrire à toutes ses
» volontés : elle tourna après ses mo-
» destes regards sur l'ami Georges
» Wilson , et l'appela trois fois avant
» qu'il osât espérer que ce fût vrai-
» ment lui que Lia invitait à une en-
» trevue particulière , dont je serais
» l'unique témoin. Il se leva enfin ,
» avec cet air mélancolique que sa
» malheureuse passion avait em-

» preinte dans toutes ses actions. Lors-
» que nous fûmes tous les trois, Lia ra-
» conta ce qu'elle appelle l'histoire de
» son cœur. Quelle âme ! quelle douce
» dignité ! ô amie Josepha ! que tu as
» raison d'être fière d'un tel enfant !
» et lorsqu'elle offrit sa main à Wilson,
» avec quelle touchante sensibilité
» ne prononça-t-elle pas ces mots :
» Tu ne vois peut-être aujourd'hui
» en moi qu'une jeune fille désolée ;
» mais tu peux m'en croire, je te
» ferai oublier cette extraordinaire dé-
» marche, lorsque je serai ton épouse
» affectionnée et soumise.

   » Chère sœur ! je ne pourrais te
» décrire l'étonnement, la joie de
» Georges Wilson ; je le fis taire, car
» je craignais qu'il ne devînt fou tout
» à fait. Annonce à son honnête fa-
» mille, me dit Lia, que bientôt j'au-
» rai l'honneur d'en faire partie. Je

» me rendis chez l'ami Wilson : le
» bon vieillard, oubliant sa paralysie,
» tentait un effort pour venir em-
» brasser sa fille, disait-il. Le frère
» aîné, arrivé de la veille, pleu-
» rait de satisfaction, et la petite
» Betzi répétait en folâtrant : Ce pau-
» vre Georges, il ne se fera pas *sha-*
» *king quaker*.

   » D'après l'intention de Lia, j'ai
» demandé le secret jusqu'à l'instant
» de la célébration. Nous concentrons
» donc notre joie. Lia est rêveuse
» comme toutes les jeunes filles prêtes
» à changer d'état ; elle est souvent en
» méditation ; nous te la recondui-
» rons le lendemain de ses noces. Elle
» veut t'embrasser avant son voyage
» de Pensylvanie, où ma fille aînée
» l'accompagnera ; c'est déjà un ex-
» cellent enfant, et il me semble
» qu'après avoir passé quelque tems

» avec Lia, elle deviendra meilleure
» encore. »

Mélanie fut heureuse de voir que
la famille entière était satisfaite du
changement qui s'était opéré dans
la destinée de Lia. Ces braves gens
avaient toujours vu avec plus d'in-
quiétude que de contentement, qu'un
Français, qu'ils estimaient d'ailleurs
beaucoup, vînt leur enlever un si
précieux trésor. Ce même jour Josepha engagea Mélanie, Théodore et
Saint-Elme à aller faire une longue
promenade, tandis qu'elle se livrerait
au sommeil. En sortant de sa chambre,
M. de Saint-Elme prétexta des lettres
à écrire, qui devaient partir par le
stage du lendemain. Mélanie et Théodore, sans crainte, sans amertume,
passèrent donc deux heures seuls. Ah!
les années, leurs malheurs, n'avaient

point altéré le sentiment d'un amour
né avec eux. Avec quels charmes
ils se livrèrent au bonheur d'en parler ! avec quels transports Théodore
l'appela sa Mélanie, *sa femme !* Avec
quelle douce et enchanteresse modestie Mélanie ne lui fit-elle pas entendre
que lui seul serait *son véritable époux.*
Elle ajouta que leurs sermens devaient être consacrés par la présence
de sa mère ; qu'ainsi il ne recevrait
sa foi, qu'elle lui promettait de nouveau en ce moment, que devant
M. d'Albeuil. En vain Théodore ré-
clama-t-il contre l'espace immense qui
les séparait d'un si précieux témoin.
O mon ami ! répliqua-t-elle, nous
sommes réunis ; je n'aperçois plus
d'obstacles réels à l'accomplissement
de notre bonheur futur ; contentons-
nous d'un sort si charmant. Elle crut

devoir alors quitter ce sujet de conversation , sur lequel Théodore et
elle ne paraissaient pas être d'un parfait accord. Mais avec quel délice, me
servant de l'aimable expression d'un
poëte moderne (1), *ils remontèrent
le fleuve de la vie !* Que de doux et
touchans souvenirs se retracèrent à
leurs cœurs enchantés ! Ils parlèrent
de leur heureuse enfance, de l'aurore
brillante de leur jeunesse..... Ils
s'étaient retrouvés , le reste était
oublié.

Lorsqu'ils retournèrent près de
Josepha , celle-ci sourit à leur expression de félicité, et avec d'autant plus
de satisfaction, qu'elle se disait : Voilà
l'ouvrage de ma fille. Ces agréables

---

(1) M. Legouvé.

promenades se renouvelèrent souvent, et toujours d'après l'invitation
de Josepha. Quelquefois Théodore et
Mélanie regrettaient que M. et madame d'Albeuil ne se fussent pas dé-
cidés à passer en Amérique; plus souvent le touchant amour de la patrie
leur faisait penser que le parfait bonheur ne se trouvait que là. M. de
Saint-Elme les entretenait dans de
semblables idées; son esprit actif lui
faisait déjà entrevoir une époque où
les Français redeviendraient tous
frères; cependant cet heureux tems
était encore éloigné; si le sang ne
coulait plus en France, que de pleurs
n'y versait-on pas encore sur des
proscriptions continuelles, qui,
pour n'être pas des arrêts de mort,
n'en étaient pas moins cruelles et injustes.

Allons en Angleterre, disait M. de

3.   12

Saint-Elme ; là, nous apprendrons des nouvelles positives, nous saurons jusqu'à quel point on peut espérer. Ah! répliquait Mélanie, avant tout, revoyous Lia.

CHAPITRE XXXI.

APRÈS un voyage de près de trois mois, Lia s'arracha aux instantes prières qu'on lui faisait, pour la retenir encore en Pensylvanie, et elle revint vers les lieux où elle était aussi tant aimée. Quel délire de joie ce retour n'occasionna-t-il pas! Josepha, pour embrasser un jour plutôt l'enfant de son cœur, voulut aller jusqu'à la ville, entreprise à laquelle elle avait renoncée depuis près de dix ans. Elle prétendait soutenir parfaitement le voyage en chaise; mais ses serviteurs lui préparèrent une espèce de litière qu'ils ornèrent de feuillage, et voulurent la porter tour à tour. Mélanie, Saint-Elme et Théodore l'accompagnèrent à cheval. La famille Burd, à

laquelle se joignirent quelques autres
non moins honorables, vint au-de-
vant d'elle. Cet ensemble donna un
air triomphal à l'entrée de la respectable et modeste veuve Josepha.

Peu d'heures après, Lia arriva avec
son époux et la jeune Burd. Quelle
vive reconnaissance elle éprouva, en
voyant l'effort maternel qu'avait fait
Josepha, afin de la voir un jour plutôt ! avec quel transport elle embrassa
Mélanie ! Je suis heureuse, dit-elle à
Théodore, tandis qu'il la pressait
contre son sein, ainsi tu dois aimer
mon époux. Effectivement, Théodore
sauta au col de Georges Wilson, et ils
se jurèrent une amitié de frères. Nulle
contrainte, nuls sentimens pénibles
n'existaient dans cette réunion, car
Wilson était sûr de l'affection de sa
femme.

Mélanie remarqua, en souriant,

l'agréable changement qui s'était fait
dans tout son être ; le mélancolique
Georges si abattu, si décoloré, respirait maintenant la joie et la santé.
Voilà encore un de vos miracles, observa-t-elle à Lia.—Celle-ci répliqua
sur le même ton : qu'elle ne se croyait
pas la seule habile en *miracles* de ce
genre ; qu'elle en appelait en témoi-
gnage les joues fleuries de Mélanie.

La gravité quakeresse fut un peu
dérangée ce jour-là ; on s'empressait
autour de Lia, on riait des plaisanteries de M. de Saint-Elme. Enfin, on
sentait vivement le bonheur de revoir
la jeune épouse de Georges Wilson,
qui, la tête penchée sur le sein de sa
mère, tenant une des mains de Mélanie dans les siennes, fit une relation
de son voyage. pleine de grâce et de
simplicité. —Oh ! elle ne vous dit pas
tout, répliqua Rachel Burd, et cepen-

dant les amies Josepha et Mélanie n'apprendraient-elles pas avec plaisir que Lia était surnommée l'*Ange* partout; que le jour qu'elle parut à Philadelphie à une de nos assemblées, plusieurs étrangers s'y rendirent, et qu'une foule l'attendait à sa sortie. Alors un concert de bénédictions et d'acclamations retentirent autour d'elle. Vainement Lia voulait interrompre sa cousine; celle-ci, qui était fortement pénétrée du sentiment d'enthousiasme qu'inspirait généralement la première, continuait toujours son récit, voyant d'ailleurs avec quel intérêt il était écouté. Elle n'exagérait rien; la beauté de Lia, sa douce modestie, sa tendre bienfaisance, avaient fait la plus vive impression à Philadelphie; où le triomphe de tant de vertus et de grâces avait été du plus grand éclat.

M. de Saint-Elme , ayant écrit à
M. de R ✱✱✱ , un de ses amis intimes ,
l'attachante histoire de Théodore , de
Mélanie et de Lia , elle était répétée
partout. On connaît les liens touchans
qui unissent hors de leur patrie les
Français proscrits et malheureux ;
Lia avait rendu au bonheur l'un d'eux ,
c'était une reconnaissance vraiment
nationale que lui décernaient les autres. Les femmes mêmes n'éprou-
vaient point de jalousie , malgré la
supériorité de Lia sur les plus remarquables : elles considéraient sa présence momentanée comme l'appari-
tion d'un ange sur la terre.

Cette admiration exaltée fatiguait
Lia au delà de toute expression ; sa
modeste simplicité souffrait de l'exagération des louanges qu'on lui donnait. Elle serait retournée dès le lendemain dans ses tranquilles forêts , si

elle n'eût pas trouvé dans la famille de sa mère des sensations plus flatteuses pour son cœur.

Son heureux époux était entraîné, ravi de joie de voir ainsi déïfier l'objet de son amour. O ma Lia ! lui dit-il une fois, que ne puis-je te conduire en Europe ! n'est-ce pas un crime social que d'ensevelir dans nos contrées solitaires tes éclatantes perfections. Lia souriait, mais lui répétait qu'elle ne pouvait connaître le bonheur qu'au sein des habitudes paisibles qu'elle avait toujours pratiquées. Si elle eût dit un mot, Wilson avait les moyens, et peut-être un désir secret, d'aller s'établir dans une des grandes villes d'Angleterre. Lia était bien éloignée d'une semblable idée ; elle aimait les lieux de sa naissance au delà de toute expression ; et puis être éloignée de sa mère, lui eût paru plus cruel que

de

de lui arracher la vie. Si elle se repré-
sentait la suite inévitable de l'âge et
des infirmités de Josepha, elle pensait du moins, avec un sentiment
consolateur, qu'elle pourrait aller
méditer chaque jour sur sa tombe.
Elle écarta donc de l'imagination un
peu montée de Wilson, toute pensée
d'abandonner l'Amérique septentrionale ; elle lui peignit même, avec son
attrayante éloquence, la félicité qui
les attendait au sein de leurs familles,
et il partagea sa joie de s'y retrouver.

Après trois jours de repos, on ra-
mena Lia à l'habitation maternelle.
Pendant quelques semaines on s'occupa uniquement d'elle, et jamais
tems ne s'écoula avec une pareille
promptitude ; mais la saison s'avançait, bientôt les rigueurs de l'hiver
allaient rendre les chemins excessivement pénibles, sinon dangereux.

3.   13

M. de Saint-Elme détermina donc Théodore à s'occuper sérieusement des préparatifs de son départ, Mélanie fut consultée ; elle allait se rapprocher de la France, mais il fallait quitter Lia, et ses larmes coulèrent d'avance. Enfin, il fallut bien parler de cette prochaine séparation : je pourrai la supporter, leur dit Lia, si j'apprends que vous avez recouvré les avantages dont vous jouissiez jadis ; mais si votre patrie vous est fermée, si vos propriétés ont passé dans d'autres mains, promettez-nous de revenir dans ces lieux, où vous êtes assurés de retrouver *une patrie et des propriétés*. Elle prononça ces derniers mots avec le plus délicat embarras et la plus exacte vérité ; son mari l'ayant autorisée à faire tout ce qui pourrait la flatter relativement à ses amis, lui-même facilita beaucoup

leurs projets actuels, en leur faisant
avoir des passe-ports, comme Anglo-
Américains; ils les força d'accepter
une somme assez considérable en or.
Amis, leur dit-il, vous retrouverez
vos biens, et alors vous pourrez vous
acquitter; dans le cas contraire, tout
deviendra commun entre nous : songez que vous l'avez promis à Lia, ainsi
acceptez donc......

L'instant terrible arriva: Théodore
et Mélanie, outre leurs sentimens
vraiment passionnés pour Lia, tenaient aussi à cette contrée, où, après
tant d'affliction, ils avaient trouvé
de si douces consolations; pas un arbre qui ne leur rappelât que sous son
ombrage on avait soulagé les blessures profondes de leurs âmes, et ils
allaient recommencer une nouvelle
carrière, où tout n'était encore qu'in-
certitudes, et serait peut-être regrets

13 *

et tourmens. Quels mélancoliques et reconnaissans regards ils tournèrent donc sur l'asile hospitalier qu'ils allaient abandonner ! Combien ces émotions n'augmentèrent-elles pas, lorsqu'aux genoux de Josepha ils répondirent par leurs sanglots à ses ferventes bénédictions ; mais ce fut surtout dans les bras de Lia qu'ils crurent laisser tout ce que leurs cœurs renfermaient de tendresse et de profonde sensibilité.

Mélanie fut emportée évanouie : ah ! ses pas n'auraient pu la conduire pour la dernière fois hors de la maison de Lia. Théodore ne pouvait non plus s'en arracher. Lia s'efforçait d'opposer un peu de courage à l'excessive douleur de ses amis ; mais lorsqu'elle n'aperçut plus celle qu'elle avait sauvée, celui qu'elle avait tant aimé, elle crut sentir que le plus pur de son

existence s'anéantissait. Elle ne re-
trouva son calme angélique et habituel, qu'après s'être livrée à des mé-
ditations qui tenaient encore plus à
son propre caractère qu'aux prin-
cipes de sa secte.

CHAPITRE XXXII.

MÉLANIE, dont l'âme avait été si cruellement fatiguée dans le cours de sa vie, fut long-tems abattue de cette séparation ; les soins de Théodore, la gaîté de M. de Saint-Elme, eurent peine à diminuer l'excès de sa douleur.

Arrivée à Boston, elle trouva néanmoins quelques consolations en revoyant plusieurs Français ; ceux-ci la recherchèrent avec l'empressement le plus flatteur. M. de Saint-Elme avait fait connaître les détails de son histoire ; et ce qui avait excité une vive indignation au premier aperçu, étant enfin considéré sous son véritable aspect, *la femme d'Henri* fut regardée comme une sublime et tou-

chante victime, et on chercha à effacer cette douloureuse époque de son
existence, par un surcroît d'homma-
ges et de respects.

Après s'être reposés quelques jours,
Mélanie et ses deux amis, sous les
noms de M. et madame Goldwin,
commerçans, s'embarquèrent sur un
vaisseau qui se rendait à Plymouth ;
leur passage fut heureux. Que de fois
Mélanie et Théodore, en se rappelant
les tourmens insupportables qu'ils
avaient éprouvés en traversant sépa-
rément ce même océan, se félicitèrent
avec délices d'être enfin réunis. Il
fallait toute la puissance de la raison,
pour qu'ils puissent envisager une
nouvelle séparation, quelque momentanée qu'elle fût. Elle était cependant indispensable ; Mélanie, avec
son passe-port et son habileté dans la
langue anglaise, et surtout son titre

de femme, pouvait rentrer en France,
et il eût été plus qu'imprudent à
Théodore et à M. de Saint-Elme d'y
paraître avant quelques éclaircisse-
mens décisifs. Il fut donc convenu
que ces derniers attendraient à Londres des nouvelles de Mélanie, qui
s'y rendit d'abord avec eux.

A peine arrivés, Théodore courut
chez un banquier, avec qui son oncle
avait été en relation. Il lui apprit que
le chevalier d'Albeuil, ainsi que sa
famille, avait quitté Hambourg depuis neuf mois au plus, pour aller
aux eaux (il ignorait lesquelles), et
que depuis ce tems il n'en avait pas
entendu parler, même indirectement.
Théodore, une fois en Europe, avait
espéré trouver plus de certitude sur
le sort de ses parens, dont, par une
fatalité incroyable, il n'avait jamais
pu obtenir de nouvelles directes, de-

puis qu'ils étaient séparés. Mélanie,
se rendant de suite à Saint-Sernin, lui
fit envisager que ces cruelles anxiétés
pourraient s'y terminer, les gens d'affaires de la famille d'Albeuil devant
savoir où elle était.

Théodore voulut accompagner
Mélanie jusqu'à Douvres. M. de St.-
Elme resta à Londres, occupé de ses
plaisirs, des femmes, des jeunes gens,
comme il l'eût fait à Paris dans le
tems de sa plus brillante fortune.

Mélanie promit un prompt retour ;
elle ne laissait pas Théodore sans in-
quiétude, livré à lui-même et à la
société de son frivole ami. Elle avait
bien tort, ce n'était qu'à Mélanie
présumée coupable, que Théodore
avait pu être infidèle. Arrivée à Calais,
Madame Goldwin, parfaitement en
règle, n'éprouva aucunes difficultés :
et pensant y trouver plus de sûreté,

elle prit modestement place dans une
voiture publique. Après trois jours
d'une route assez insignifiante, on la
déposa à un village considérable, si-
tué à une lieue et demie de Saint-
Sernin, la diligence n'allant pas jus-
que là. Cachée sous son grand chapeau
à l'anglaise, elle ne pouvait être re-
connue ; d'ailleurs, elle se contenta
de demander si Enselme le fils, occu-
pait toujours la petite ferme de la
prairie. Sur *l'affirmative*, elle pria
qu'on lui donnât une voiture pour l'y
conduire ; on manquait de chevaux
dans cet instant, on lui proposa d'attendre au lendemain. Ses longues
courses dans les bois de l'Amérique
l'avaient aguerrie ; d'ailleurs la soirée
était superbe. Elle se mit donc en
route à pied, ne pouvant résister au
désir d'arriver le jour même : un
beau clair de lune la favorisait. Quelles

profondes émotions l'agitaient! elle
respirait dans sa patrie, sur la terre
qui lui appartenait, ou peut-être
n'était-elle plus qu'une étrangère
même proscrite. Ces magnifiques ave-
nues qui avoisinaient le château près
d'une lieue à la ronde, étaient toutes
abattues, et laissèrent aux yeux de
Mélanie la triste facilité de contempler les ruines de l'antique manoir de
Saint-Sernin. A cet aspect, elle jeta
un cri : les barbares! s'écria-t-elle,
hélas! ils veulent anéantir jusqu'aux
charmes du souvenir.

Il fallait qu'elle passât bien près de
ces déplorables objets, pour arriver
chez les Enselme. Accablée, elle s'assit sur un monceau de pierres; là ses
larmes coulèrent en abondance, lorsque tout à coup il lui échappa une
exclamation de joie : elle venait d'aper-
cevoir la pyramide du Jardin des

fleurs, conservée entière au milieu
de la destruction générale. Oh! béni
soit, dit-elle, la main bienfaisante qui
t'a préservée, monument mille fois
chéri et sacré! Elle s'avança de ce
côté avec transport, la grille y était
encore; les fleurs, parfaitement en-
tretenues, exhalaient leurs parfums
jusqu'à elle : son âme s'enivra d'un
doux plaisir. O! ma mère, pensa-t-
elle, ici seulement je me vois Mélanie
de Rostange; j'y retrouve les espérances de ma jeunesse. D'un pas plus
léger, elle se hâta de gagner la demeure de Pauline; elle l'aperçut bientôt, et y distingua même une lu-
mière. Elle franchit la haie qui séparait le jardin de la prairie, et se
trouva à la porte. Elle entendit la
voix de Pauline, qui disait d'un accent caressant: Ma Mélanie! ma chère
petite Mélanie! que je t'aime. — La

voyageuse, émue, écouta un instant.
—Viens te coucher, répétait Enselme;
veux-tu passer la nuit près du lit de
cet enfant, qui est plus raisonnable
que toi? — Ah! Enselme, elle est si
gentille; je te disais bien qu'elle res-
semblerait à ma pauvre maîtresse, j'ai
tant regardé son portrait pendant ma
grossesse, puis je pensais si souvent
aussi à elle; ses beaux yeux noirs,
son doux sourire.... O! ma fille,
comment ne t'aimerais-je pas! — Allons, tu pleures, maintenant, je devine cela; quand on parle de cette
chère demoiselle de Rostange, tu ne
peux t'en empêcher : console-toi,
tiens, j'ai l'espoir que nous la rever-
rons; tu vois bien que déjà.........
Pauline ! s'écria Mélanie avec un
profond attendrissement et en frap-
pant légèrement. — Mon Dieu! quelle
voix, dit Pauline toute tremblante,

— Il est sûr... reprend Enselme inter-
dit. — On frappe, on appelle encore.
— Pauline éperdue, va ouvrir, et
son cœur, bien mieux que ses yeux,
reconnaissent son ancienne bienfai-
trice.

Rien de si touchant que le délire
de sa joie ; elle riait, sanglottait tour
à tour, baisait ses mains, sa robe,
lui portait son enfant, sa Mélanie.
Ah ! Pauline, répondait sa maîtresse ;
chère Pauline ! que ton accueil me
touche ; je trouve donc dans ces lieux
un cœur encore rempli de mon souvenir. — O ! Madame, il existe dans
tous : hier même au château de Vertmonde... — Au château de Vertmonde
répète vivement Mélanie ! qui donc
l'habite ? — Eh ! M. le comte et madame la comtesse d'Albeuil, M. le
Chevalier ; comment, ne savez-vous
pas ? . . . .

Mélanie se trouvait au comble du bonheur, en apprenant une semblable nouvelle ; elle faisait mille questions à Pauline, qui déraisonnait parfaitement ; mais leurs âmes s'entendaient. Enfin, Enselme, qui s'était habillé à la hâte derrière ses rideaux, vint offrir ses respects, ses services à Mélanie. Il la conjura d'accepter un léger repas, et sans attendre sa réponse, fut tout préparer , tandis que Mélanie écoutait avec transport Pauline qui lui disait que M. et madame d'Albeuil l'aimaient et l'honoraient plus que jamais.

Tu ne me parles pas de Théodore, observa Mélanie ? — Ma foi, Madame, répliqua Pauline d'un air mécontent, il doit être au fond de l'Amérique , où on dit même qu'il a épousé une sauvage. — Une sauvage comme celle-là, dit en souriant Mélanie, mérite les adorations des peuples les plus civilisés. Au reste, Théodore n'est point marié; je l'ai retrouvé, et il m'a accompagnée en Angleterre, où je l'ai laissé.

Ici la tête tourna tout à fait à Pauline. Ah! j'ai toujours bien pensé, dit-elle, qu'il ne pourrait oublier ma belle, mon aimable maîtresse. Quel jour heureux, mon Dieu! mais, Madame, vous n'avez pas encore embrassé ma fille, ma Mélanie; car j'ai pris la liberté de lui donner votre nom; alors Pauline posa cet enfant, réellement d'une beauté remarquable pour son âge, sur les genoux de Mélanie, qui couvrit de baisers cette petite créature, en lui souhaitant le cœur de sa mère. — Il est si tard, observa celle-ci, Madame ne pourra guère se rendre au château de Vertmonde : quel honneur, quel plaisir, si elle daignait passer la nuit sous ce modeste toît ! Mélanie l'assura que c'était bien son intention, et qu'elle ne comptait pas paraître devant ses anciens amis, sans les en faire prévenir.

Pauline, enchantée de la conserver plus long-tems qu'elle ne s'en flattait, tâcha de mettre un peu plus d'ordre dans ses discours, et lui apprit que la famille d'Albeuil était rentrée dans tous ses biens, par le crédit de M. S...., le neveu ; qu'elle, Pauline, allait souvent à Vertmonde ; que madame la Comtesse s'entretenait des heures avec elle pour parler de ses enfans, et regretter surtout sa bien-aimée, son incomparable Mélanie.

Oui, Madame, continua plus vivement Pauline, tout le monde vous rend ici la justice la plus éclatante ; on n'ignore aucun des détails de vos

3. 14

malheurs ; toutes les machinations de
ces affreux Remi ont été découvertes,
et ils ont été obligés (je plains la
pauvre madame Remi) de se retirer
dans je ne sais quel coin de la France ;
la fuite de leur fils ayant indisposé
fortement son parti, a influencé les
mesures promptes et terribles que
l'on a prises.... Ce beau château
de Saint-Sernin, oh ! que de larmes
j'ai répandues ! il a été pillé, incen-
dié, abattu. Ah ! reprit Mélanie, j'ai
vu au milieu de ses ruines, s'élever
le monument consacré à la mémoire
de ma mère, et j'ai cru n'avoir rien
perdu. Pauline, en rougissant, avoua
que, voyant acheter par lots l'immense parc de Saint-Sernin, elle avait
donné à son mari l'idée d'acquérir la
partie surnommée le Jardin des fleurs.
Nous l'avons eu à tems, ajouta-t-elle ;
il existait en entier, et madame le

reverra tel qu'il était dans ses plus beaux jours.

Précieuse et excellente amie! cette acquisition ne vous offrait aucun bénéfice, et vous entraînait même à plus de dépense. — Pour la soutenir, j'aurais plutôt vendu cette ferme. — Dieu juste, tu compenses les grands crimes qui naissent d'une révolution semblable à la nôtre, par des traits si touchans! O Pauline, mon amie, ma sœur, oui, ma sœur; car vous avez eu un procédé vraiment filial envers la mémoire de ma mère. Cher enfant, continua Mélanie, en s'adressant à celui de Pauline, tu appartiens à la famille des Rostange; puisse-t-elle recouver son éclat, son opulence, pour les faire rejaillir sur toi.

Le bon Enselme, pendant cette intéressante conversation, dressait un souper qui aurait pu rassasier une

douzaine de personnes; un énorme
jambon, des jattes de crême, trois
plats d'œufs diversement arrangés,
les fruits de la saison, et encore pré-
senta-t-il un million d'excuses à Madame, de lui offrir si peu de chose.
Elle rit de bien bon cœur de cette
étrange crainte; sur cette terre chérie,
elle retrouvait la vive gaîté de sa jeunesse. Elle s'y livra plus d'une fois
pendant le cours de cette soirée jusqu'à minuit, qu'elle se retira enfin
dans la chambre d'*honneur*, où elle
eût pu dormir parfaitement, si elle
n'avait été agitée par tant d'émotions
différentes. Pauline s'installa dans un
grand fauteuil, et ne voulut jamais
quitter ses côtés. Par égard l'une pour
l'autre, elles feignirent un moment
de s'endormir; mais peu de minutes
après, elles reparlaient déjà de madame d'Albeuil, de Théodore.... A la

manière dont Mélanie s'exprimait sur
ce dernier, Pauline se douta bien
qu'Henri n'existait plus ; avec ména-
gement cependant, elle chercha à en
avoir l'assurance. Laissons en paix sa
cendre, dit Mélanie en soupirant ; le
malheureux, après m'avoir rendue
victime de sa coupable passion, s'en
est puni lui-même. Pauline répondit
au soupir de compassion de Mélanie,
par une larme qui s'échappa de ses
yeux. Elle haïssait l'auteur des tourmens de sa maîtresse ; mais en apprenant qu'il avait cessé de vivre, elle
se rappela que c'était cet Henri qu'elle
avait tant aimé. Après un moment de
silence, Pauline , s'apercevant que
Mélanie était plongée dans de tristes
réflexions, s'empressa de changer de
conversation, en s'écriant : Quelle
joie attend madame d'Albeuil à son
réveil. Oh ! je veux être le messager

d'une si heureuse nouvelle. Effectivement, à peine faisait-il jour, que
la lettre de Mélanie à la mère de Théodore était déjà écrite, et que Pauline
était sur la route de Vertmonde. On
avait eu besoin de lui recommander
de ne pas proclamer l'arrivée de la
veille ; car elle éprouvait le désir de
l'apprendre à chaque passant qu'elle
rencontrait.

Madame d'Albeuil, très-matinale,
reposait cependant encore , quand
Pauline arriva au château. Je veux
parler, et parler bien vite à Madame,
dit-elle à mademoiselle Robert, que
madame d'Albeuil avait prise chez
elle depuis sa rentrée en France. —
Pauline, vous êtes donc folle ; il n'est
pas encore sept heures. — Oh ! si vous
saviez... ; tenez, mademoiselle Robert,
vous êtes grondeuse, entêtée, un peu
méchante même... — Bien obligée. —

Mais vous respectez vos anciens maîtres, vous les aimez; que diriez-vous si on en avait d'excellentes nouvelles? si, par exemple, mademoiselle Mélanie.... (car je ne veux pas l'appeler autrement).—Ah! Pauline, ma chère enfant; en auriez-vous vraiment entendu parler?—Oui, oui; et mieux que cela même, et puis d'autres personnes encore. —De M. Théodore, peut-être?—Justement; mais je suis *folle* d'être venue de si bonne heure; j'ai envie de m'en retourner. — Sans l'importance de son message, Pauline n'eût jamais osé plaisanter ainsi mademoiselle Robert, qu'elle craignait depuis son enfance, et qui lui dit enfin : Oui, il faut parler de suite à Madame; venez avec moi. Elles entrèrent donc chez madame d'Albeuil. Pauline lui remit d'abord la lettre de Mélanie, et jouit en silence du bonheur qui éclatait dans ses traits.

Ah! Pauline, s'écria-t-elle, que vous êtes heureuse de l'avoir déjà vue ; elle passe une robe à la hâte, demande ses chevaux, et remet à son retour de la ferme, à faire partager sa joie à M. d'Albeuil ; autrement il faudrait attendre son réveil ; et comment tarder d'une minute le bonheur d'embrasser Mélanie, de parler de Théodore.

De loin, Mélanie aperçut la voiture, qui fut laissée à cent pas de la ferme. Madame d'Albeuil entra par la porte du jardin, et reçut dans ses bras la fille de son cœur, celle qui, par ses malheurs et sa conduite, avait encore redoublé sa tendresse pour elle ; aussi quelles aimables expressions ne lui prodigua-t-elle pas ; avec quelle chaleur elle loua ses héroïques sacrifices ; que d'amour et de bonheur

nous

nous vous devons, dit-elle à Mélanie ; que je chéris maintenant les bienfaits du jeune S.., puisqu'ils seront partagés par l'épouse de mon fils !

O ma mère ! vous approuvez donc toujours ce projet d'union. — Noble et chère Mélanie, dans l'éclat de votre première jeunesse, de votre illustration, cette alliance m'eût peut-être moins honorée encore qu'aujourd'hui. — Mme. d'Albeuil, connaissant tous les moyens de sûreté avec lesquels Mélanie était rentrée en France, n'aperçut aucune nécessité à ce qu'elle gardât une trop sévère retraite, et elle voulut l'emmener de suite à Vertmonde. Pauline accepta, comme on le pense bien, l'offre d'accompagner son ancienne maîtresse, et elles partirent bientôt toutes les trois, emportant aussi la petite Mélanie.

Dans la route, madame d'Albeuil

donna à Mélanie les détails suivans :

Peu de jours après qu'elle eût répondu à Théodore, sur sa proposition d'aller la rejoindre en Amérique, un nouvel horizon politique ayant lui pour la France, M. S.. le neveu y remplit un poste éclatant. Le premier usage qu'il en fit, fut un hommage à la reconnaissance ; il prouva que les d'Albeuil avaient été victimes de Henri, dont le souvenir était devenu odieux à ses plus ardens zélateurs, et il obtint la radiation complète de tout ce qui portait le nom *d'Albeuil.* Nous revînmes donc promptement en France , continua la mère de Théodore ; nous trouvâmes nos biens en très-bon ordre , et sous ce rapport, je n'ai eu d'autre affliction que de voir Saint-Sernin entièrement anéanti ; et par une fatalité singulière, les autres terres que

vous possédez dans d'autres provinces, ont été de même spoliées.

Je ne possède plus que votre affection au monde, dit tristement Mélanie. — O ma fille ! vous êtes riche de
vos vertus, de votre constant amour
pour Théodore. Lorsque votre mère
mourante projeta votre union avec
lui, tous les avantages alors vous
appartenaient, et votre famille entière
y souscrivit. Accuseriez-vous les d'Albeuil de moins de délicatesse ; préser-
vez-vous, ma jeune amie, de l'orgueil
du malheur, et daignez agréer avec
simplicité tout ce que l'amitié et la
reconnaissance auront le bonheur de
faire pour vous.

Mélanie se jeta dans les bras de
madame d'Albeuil, et elles ne tardè-
rent pas à entrer au château. Mélanie
pâlit, en songeant à la dernière fois
qu'elle y était venue. Madame d'Al-

15 *

beuil, qui avait eu connaissance de
cette terrible scène, la fit passer rapi-
dement dans la salle où elle avait eu
lieu, et la conduisit dans l'apparte-
ment qu'elle avait toujours occupé
dans les heureux tems où elle était
mademoiselle de Rostange. Ensuite
elle fut prévenir son mari et son frère.
Le premier, toujours bon et sensible,
manifesta la satisfaction la plus vive;
et le Chevalier, qui avait reçu d'assez
fortes leçons pour chercher à réparer
les maux qu'il avait causés, dont i
avait pensé lui-même être la victime
fut extrêmement aimable et empressé
avec Mélanie. Ce même jour il s'occupa de faire partir un courrier pour
aller chercher Théodore, qui pouvait
rentrer sans le moindre danger.
Madame d'Albeuil en dépêcha un autre à M. S.... le neveu, afin de le
prévenir de l'arrivée de Mélanie. Il

répondit promptement qu'elle n'avait rien à craindre ; mais qu'on ferait bien de ne pas différer le mariage.

Théodore arriva au bout de quinze jours. Dans cet espace de tems, Mélanie raconta avec le plus grand détail tout ce qui lui était arrivé, à madame d'Albeüil, qui, après l'avoir écoutée avec une profonde sensibilité, lui dit : Jetons un voile épais sur de si tristes événemens ; n'exceptons d'un éternel oubli que l'angélique Lia ; c'est près d'elle que vous avez retrouvé l'espérance et le bonheur, son souvenir ranimera nos cœurs, lorsque des idées douloureuses viendront obscurcir notre riant avenir.

CHAPITRE XXXIII

ET DERNIER.

L'ARRIVÉE de Théodore acheva de rendre le château de Vertmonde le plus heureux séjour de l'univers. A peine avait-il pu se livrer aux effusions de la nature et de l'amour, que son oncle, l'entraînant à part, lui recommanda d'imiter sa prudence, de se soumettre strictement aux lois nouvelles, d'attendre tout du tems et des événemens ; ajouta-t-il en levant les yeux vers le ciel. Théodore, en souriant, répondit de sa déférence à des conseils qui lui parurent assez plaisans dans la bouche du Chevalier.

Madame d'Albeuil ayant senti vivement la délicatesse que Mélanie

avait mise à retarder son union jusqu'au jour où elle pourrait l'en rendre témoin, s'occupa avec beaucoup
d'activité d'accélérer ce fortuné moment. Bientôt tout fut réglé, déter-
miné. Le jour du contrat, veille de
la cérémonie, le Chevalier (que par
habitude on appelait toujours ainsi),
avec une grâce, qui par fois ne lui était
pas étrangère, et plus d'émotion que
l'on aurait pu l'en croire capable,
supplia Mélanie d'accepter son pré-
sent de noce, et lui offrit en même
tems un papier, qui la rétablissait
dans sa propriété de Saint-Sernin. Le
Chevalier l'avait rachetée au nom de
sa future nièce, aux différentes personnes qui avaient morcelé cette superbe terre, et il lui demanda en
même tems la permission de *surveiller*
les ouvriers qui travaillaient dès le
matin même à construire une maison

moins vaste que l'ancien château ,
mais qui serait peut-être aussi commode et agréable.

Mélanie, en sanglottant , se jeta
dans les bras du Chevalier ; et Théodore , pour qui ce trait généreux était
une surprise , dévoua dès cet instant
à son oncle la plus sincère affection.
M. et madame d'Albeuil apprécia-
rent aussi la conduite de leur frère.
Ce procédé établit à jamais entr'eux
la plus parfaite intelligence.

On ne put éviter, le jour du mariage , de conduire les deux époux à
la municipalité de Saint-Sernin ; Mélanie frissonna en s'y retrouvant une
seconde fois. Mais Théodore lui serra
la main et la regarda avec une expression si tendre , si passionnée , qu'elle
sentit bien qu'elle unissait sa destinée
à un amant, à un ami , à un protec-
teur , et que nuls odieux souvenirs

ne devaient se mêler à cet heureux moment.

En retournant au château, ils entrèrent dans la chapelle, où l'aumônier sanctifia des nœuds si doux. Ce fut surtout aux pieds des autels, que pénétrée de son bonheur, Mélanie remercia la divinité, qui, après tant d'orages, la ramenait au port, pour accomplir le dernier vœu de sa mère et celui de son cœur. Pour Théodore, il eût peut-être reçu cette main chérie avec des sentimens moins vifs quelques années auparavant.

Nulle fête apparente ne suivit cet acte solennel : en était-il pour Mélanie de préférable à celle d'être entourée des premiers amis de son existence, du jeune S...., qui étant regardé comme de la famille, s'était arraché quelques instans aux affaires publiques, pour venir assister à ce mariage.

On n'y regretta que l'aimable M. de Saint-Elme. Après en avoir parlé long-tems avec toute la chaleur de l'amitié, Mélanie jeta un regard expressif sur M. S...., qui disait clairement : Ne pouvez-vous rien pour ce pauvre fugitif? — Je vous entends parfaitement, Madame, dit en riant M. S....; mais il serait imprudent à moi, et d'un effet très-nul, sans doute, de m'occuper de M. de Saint-Elme en cet instant; soyez cependant tranquille, je stimulerai le souvenir qu'en conserve une belle dame qui, beaucoup plus puissante que je ne le suis, obtiendra, j'espère, son rappel.

Quelle est donc cette beauté secourable, demanda Mélanie? — Madame d'Orbesson. — Madame d'Orbesson! répétèrent en même tems Théodore et Mélanie. — Oui, reprend le chevalier d'Albeuil avec un peu d'hu-

meur, cette excellente tête est devenue fort en crédit ; le ciel sait par
quel moyen.... Son respectable beau-
père, à qui elle reprochait jadis tant
de modération, ne veut plus la voir,
car enfin il y a loin de souffrir les
choses à y participer.

Que de bizarreries, répliqua Mélanie, je n'en reviens pas. — Au fait,
reprit gaîment Théodore, si madame
d'Orbesson nous rend Saint-Elme,
j'admirerai le pouvoir de deux beaux
yeux qui, après avoir influencé la
cause des rois, dirige maintenant les
destins de la République. Mélanie
espérait peu pour son ami d'un pareil
moyen, et elle avait tort : le souvenir de Saint-Elme, l'espérance de
le revoir, ajoutèrent au bonheur de
Théodore et de Mélanie dans cette
heureuse journée. Les traverses qu'ils
avaient éprouvées donnaient à leurs

sentimens ce charme, cette vivacité
qui semblent être attachés aux premiers momens de l'amour. Tout ce
qui les entourait, applaudissait à leur
union. Les hommes, en voyant Mélanie si belle, si constante, souhaitent
une pareille compagne, et les jeunes
personnes de son sexe, même les plus
légères, croient qu'elles imiteraient
ses vertus, si le ciel leur accordait un
autre Théodore.

Au sein d'une félicité tranquille,
les secousses politiques, sans les at-
teindre, froissaient cependant souvent l'imagination de Théodore et de
Mélanie; par fois ils regrettaient presque les déserts de l'Amérique.

Enfin arriva l'époque où ces nuages
ténébreux se dissipèrent (1). Du fond

_____

(1) Le 18 brumaire.

de leur retraite, ces aimables époux y
prirent le plus vif intérêt ; cela les décida même à passer les hivers à Paris,
où leur amour pour les arts était la
véritable base des plaisirs qu'ils y
goûtaient. La seconde année de leur
union, un événement leur prouva
que leur affection et leur bonheur
pouvaient encore s'accroître. Mélanie
devint mère.

CONCLUSION.

Le sort de Théodore et de Mélanie est entièrement fixé ; le bonheur que l'on goûte dans l'accomplissement de son devoir, au sein de sentimens purs, est inaltérable : reposons-nous donc sur cette douce idée.

Dans les silencieuses forêts du Massachusset, respire toujours un couple non moins heureux, l'angélique amie Lia, l'honnête Georges Wilson. La première est toujours la divinité de la contrée ; mère, parens, serviteurs, lui rendent un véritable culte : elle occupe de même le souvenir de ses amis de France, qui fréquemment l'assurent de leur immuable et reconnaissante amitié.

La princesse Roberska, dont le cœur s'est voué à un éternel veuvage, d'après sa première et triste expé-

rience en amour, embellit sa vie par
le charme de l'amitié , des arts et
de la bienfaisance. Actuellement en
France , sa compagne habituelle est
la jeune madame d'Albeuil. Celle-ci
n'a pas vu sans émotion cette superbe femme, à qui Théodore avait
été si cher; mais elle les eut bien vîte
appréciée , et elle jouit avec la plus
douce sécurité d'une si précieuse société. Madame Roberska ne parle
point de son départ ; le séjour de la
France plaît à son âme naturellement
un peu enthousiaste , et ses amis
espèrent la conserver long-tems encore.

M. et madame d'Albeuil jouissent
du bonheur réservé à la vertu dans
l'hiver de la vie ; le sort de leurs enfans les rend heureux dans toute la
plénitude de l'expression. Le Chevalier, en vieillissant, devient tout à

fait *bonhomme :* ce caractère lui a été
si long-tems étranger, qu'il a presque
l'air de jouer un rôle de comédie, en
surveillant des ouvriers, faisant le
tour du parc, jouant aux échecs, li-
sant passivement les gazettes : cette
existence ne ressemble guère à celle
qu'avait eue autrefois l'actif chevalier d'Albeuil ; mais peut-être est-il
plus content, que lorsqu'il croyait
diriger les destinées de l'Europe.

La merveilleuse Mme. d'Orbesson,
après avoir régné près d'une certaine
puissance, s'est anéantie avec elle ;
les veilles, l'intrigue, ont atléré ses
charmes : s'étant montrée avec éclat
dans les partis les plus opposés, elle
n'a pas su s'y faire un seul ami ; elle
raconte souvent ses ennuis à M. de
Saint-Elme, qu'elle a fait rentrer en
France. La reconnaissance seule amè-
ne ce dernier près de madame d'Or-

besson, car quel intérêt peut inspirer celle qui n'a été que *jolie femme*, et qui ne l'est plus.

Madame Arsenne regrette fréquemment l'antique manoir de ses aïeux; mais soit habitude ou nécessité, elle ne rompt pas une chaîne que l'amitié n'a jamais cimentée.

M. de Saint-Elme est toujours aimable et brillant; il vante le bonheur solide de son ami Théodore, mais il continue de le chercher dans de légères illusions.

Pauline ne quitte pas sa chère maîtresse; elle la suit à Paris, elle la suivrait aux extrémités du monde. Quand elles sont à Saint-Sernin, Mélanie aime à se promener avec elle dans le Jardin des fleurs; assises ensemble au pied du monument précieux, Pauline pense avec orgueil que c'est elle qui l'a préservé

3.   16

de la destruction , et Mélanie ne l'oublie pas non plus.

On se rappelle sans doute M. Dendremon fils : rentré aussi en France, il trouva son jardin ravagé , son cabinet vendu ; mais il a ramené de ses voyages une jeune et fraîche Hollandaise , qu'il avait épousée à La Haye. Le flegme national de sa femme égale le sien ; enfin , elle convient si bien en tout au caractère , au goût de cet homme bon et honnête , qu'elle le dédommagea parfaitement de la perte de ses tulipes , et même de celle de ses antiques.

Un nom coupable va se présenter : Remi, le père d'Henri , abattu, avec la plus exécrable des factions , fut cacher sa honte dans un petit village de l'Auvergne : il succomba bientôt à ses regrets , disons plutôt à sa rage. Sa veuve , la bonne madame Remi ,

dont la conscience devait être pure ,
n'osa jamais pourtant reparaître dans
les lieux où sa famille avait causé
tant de trouble. Malheureuse sans
l'avoir mérité , accablée de misère ,
elle écrivit à Pauline , qui communiqua cette lettre à sa maîtresse. Depuis
ce tems , madame Remi reçoit an-
nuellement une pension assez considérable pour la faire exister d'une
manière douce et heureuse.

FIN DU TOME TROISIEME

ET DERNIER.

www.ingramcontent.com/pod-product-compliance
Lightning Source LLC
Chambersburg PA
CBHW070851030726
47504CB00005B/1304